INTRECCI

Erzdämon
di Antonio Di Lallo

Direttore di Redazione: Jason R. Forbus
Progetto grafico e impaginazione: Sara Calmosi

ISBN 979-12-5540-120-9

Pubblicato da Ali Ribelli Edizioni, Gaeta 2024©
Narrativa – Intrecci
www.aliribelli.com – redazione@aliribelli.com

ERZDÄMON

Antonio Di Lallo

AliRibelli

A Mio Padre Lucio e Mio Figlio Emanuele,
Due Eroi di Ere Differenti.

Questo Amore: Perdikomata

Ma l'entusiasmo poi se ne va
Questa sera mi nascondo
Mentre i miei pensieri
Vanno per il mondo

Il dottore lo osserva. È il cinque marzo del 2024, una data che il signor F non dimenticherà. Teso come ogni volta che si reca alle visite mediche, salivazione manchevole, cerca una risposta alla domanda posta, inutilmente.

«Dicevamo, Lei beve? Fa uso di stupefacenti?».

Con un grande sforzo e fatica riesce a rispondere: «No, bevo una birra ogni tanto con gli amici, un cocktail qualche volta nel fine settimana, ma niente di serio, se così possiamo dire. Droghe no, oltre lo sport ma...» tenta la battuta. Il dottore Piccirillo non sorride.

«Sarò sincero con lei signor F, questi tremori improvvisi alle estremità del suo corpo non sono niente di buono. Non si spaventi, dobbiamo fare una batteria di test per capire bene cosa le stia succedendo, ma non credo ci sia da preoccuparsi. Potrebbe anche essere stress. Che lavoro fa?».

Il signor F risponde riluttante.

«Capisco. Il suo ruolo quindi, diciamo, prevede un lavoro cerebrale notevole. Potrebbe trattarsi di questo, ma ripeto: allo stato attuale delle cose non si può determinare nulla. Rimaniamo in contatto, ci rivediamo tra una settimana. Stia sereno e continui la sua normale vita».

Si alza, un po' scosso, con un lieve tremore alle mani e alle gambe, saluta in modo cortese e arrancando arriva alla porta, la apre e, dopo aver preso il giubbotto e la coppola si allontana dubbioso.

«Ma sì, andrà tutto bene, è solo un affaticamento lavorativo, iniziato da quando siamo rimasti troppo pochi in ufficio per gestire la mole di lavoro che ci tirano addosso».

Ascensore occupato, decide di scendere le scale. Sono solo tre piani, per uno sportivo come lui non dovrebbe essere nulla. Con fare deciso affronta la prima rampa ed è subito lì che succede, al terzo gradino, le gambe iniziano a tremare fortemente, si regge al corrimano ma anche le mani stanno subendo lo stesso accadimento. Tutto attorno a lui impazzisce e in pochi attimi la terra sostituisce il cielo. Dopo, prima del buio, vede su di sé chini vari volti che lo osservano preoccupati. Sente una cacofonia di voci che gli chiedono se va tutto bene, ma c'è poco da fare, il tempo gli sfugge velocemente da sotto le dita. Prima di dire addio al mondo conosciuto vede il volto noto del dottore che si sbraccia e urla qualcosa a qualcuno.

«Sto morendo. Meno male. Ero anche abbastanza stanco» è il suo ultimo pensiero.

Poi il nulla cala su di lui.

Ne riemerge dopo due settimane, purtroppo per lui. Una canzone nella testa è la prima cosa che sente: «*Ma io lavoro, per non stare con te...*». Alza un braccio a chiedere pietà per quella tortura sonora, ma la sua estremità inizia a tremare.

«Mio Dio, una voce femminile, è sveglio! Dottore, dottore!».

Il signor F osserva il bianco intenso sopra di lui. Pensava di essere morto il giorno in cui cadde dalle scale ma, evidentemente, non è così. Spera. Non vuole credere che nell'aldilà, in cui non confida assolutamente, trasmettano musica così pessima.

Viene riportato alla realtà da una voce maschile a lui familiare.

«Ben tornato. Ci ha fatto spaventare sa? La nostra Lisa qui l'ha vegliata per due settimane. Abbiamo avvertito i suoi familiari, saranno qui a breve, intanto abbiamo un po' di tempo per parlare. Ma prima...».

Un fascio di luce gli passa sugli occhi, ferendolo. Vorrebbe urlare ma si trattiene, seguendola invece: destra, sinistra, sinistra, destra, centro, fine.

«Molto bene, il suo trauma cranico è in remissione. Detto questo, lei è caduto dalle scale, si è rotto un gomito, incrinato due costole ed ha avuto, appunto, un trauma cranico importante. Tutte cose risolvibili in poche settimane di cure. Queste sono le buone notizie, se vogliamo».

Il signor F non dice nulla. Si rende conto solo ora del gesso al braccio e del dolore quando respira. Un rumore di ferro battuto su qualcosa di duro attira la sua vista. Si gira e nota che il braccio leso sbatte con forza, senza suo volere, sul ferro del lettino su cui giace.

«Ecco, è di questo che dobbiamo parlare e, purtroppo, non sono buone notizie. Mentre lei era qui abbiamo fatto tutti i test necessari per capire. Poteva essere Parkinson, o Alzheimer, non cose belle, ma note se mi passa il termine. Le abbiamo escluse. Il problema è più grave, misterioso se vogliamo. Da quando è ricoverato il nostro staff ogni giorno ha cercato, si è confrontato, ha parlato con altri ospedali e colleghi. Non ne venivamo a capo. Persino nel coma farmacologico indotto, lei tremolava, gambe e piedi, come, se mi passa il termine, posseduto da un demone. Poi una sera, mentre stavamo preparandoci per andare a casa, la nostra Lisa, si ricorda di lei, sì? Ecco, proprio quella ragazza, si è alzata in piedi esclamando qualcosa sul fatto che l'avevamo trovata. Non abbiamo capito subito a cosa si riferisse, ma lei ci ha messo davanti il Lancet di agosto 2018 e ce lo ha fatto leggere. Signor F mi spiace informarla che lei ha una rarissima malattia, forse ereditaria non si sa molto, chiamata Sindrome di Erzdämon, dal nome di colui che l'ha scoperta e isolata. Non sappiamo ancora bene come, ma ci sono per sua fortuna molti studi al riguardo. Per adesso possiamo darle qualcosa e poi, volendo, dovremmo provare altri rimedi, tra cui le staminali. Lo so, non è una bella notizia, ma pensi al lato positivo in tutto questo: forse l'abbiamo presa in tempo e lei è svenuto in una clinica privata, una delle migliori, se mi passa il termine. Per il pagamento, non si preoccupi, prima risolviamo questo poi parleremo del vile denaro. Adesso stia rilassato, a breve vedrà facce amate. Vuole un sorso d'acqua?».

Il signor F fa cenno di sì con la testa. Il dottore gli porge il bicchiere che prova a prendere con la mano buona, ma non c'è niente da fare, inizia a tremare, scosso da una fiamma interiore che non riesce a domare.

«Un incubo» riesce a dire alla fine iniziando a piangere, incurante del dottore che lo fissa senza giudizio. Ed è in quel momento che la porta si apre e i genitori, colleghi e moglie si precipitano dentro. Gli unici occhi lucidi sono i suoi e un po' se ne vergogna.

Il tempo passa veloce. Successivamente alla dimissione, avvenuta dopo altre tre settimane di degenza, viene condotto a casa dalla consorte. La famiglia gli è vicina e i colleghi gli donano una stupenda sedia a rotelle motorizzata, costata anche tanto, che lui però odia. Rappresenta, a suo modo di vedere, una specie di regalo vendicativo da parte di persone che non lo hanno mai davvero apprezzato. Un messaggio crudele per ricordargli la sua condizione mentre loro sono fuori a correre, giocare coi figli, che lui non ha avuto, e fare l'amore con le loro compagne, insomma godersi la vita. Prova a lavorare da casa, dall'ufficio del personale gli dicono che se vuole può andare in aspettativa ma lui rifiuta. Non è malato terminale, può ancora lavorare, dimostrare a tutti il suo valore.

«Devi però anche pensare a te stesso» gli dice il suo vice, il signor F, anche lui, un nome un destino, con cui ha condiviso tante storie, esperienze, pettegolezzi e cene, nonché battute squallide su colleghe e calcio. Amore, in poche battute.

«Come faccio? Posso lasciare tutto l'ufficio a te? Non è giusto!».

«Non ti devi preoccupare di questo. Ricordati con chi abbiamo lavorato prima, ce la posso fare. Ovviamente il capitano qui resti tu e ti chiamerò sempre per decisioni importanti, ma per il semplice lavoro di manovalanza bastiamo noi due qui».

«Ti ringrazio, sei sempre molto caro, ma lo sai come funziona. Se mollo anche solo un mese la mia posizione viene meno e il posto viene dato ad altri. E io che faccio?».

«Non ti devi preoccupare di questo. Stai male, non ti possono rimuovere, sai che battaglia sindacale?».

«Sì, i sindacati. Che cosa vuoi che facciano? Comunque, grazie, sei speciale, lo sai. Dammi notizie buone, come va con il budget e i fornitori?».

La sua vita adesso era così. Per andare al bagno, mangiare, persino andare a letto necessitava di qualcuno. Nei primi tempi sua moglie Anna si è buttata anima e cuore, pieno stile "*Madre Teresa di Calcutta*" sul suo amato marito per non farlo sentire a disagio, ma dopo tre mesi era a pezzi e rischiava anche di perdere il lavoro.

«Così non va» gli dice una sera, a letto.

«Non metto il pannolone, mai nella vita».

«Non sto dicendo questo. Solo, abbiamo bisogno di aiuto. Io non ce la faccio più, mi spiace, sto rischiando il lavoro e non mi va. Quindi dobbiamo risolvere, qui e subito».

Il signor F, come quasi tutti quelli che ricoprono un certo ruolo al lavoro, a casa, era il secondo in cabina. Non dice nulla, aspettando le parole della moglie.

«Vedi, c'è questa signora italiana, Elsa, molto brava con gli anziani. Non che tu non lo sia, però, magari, facciamo una prova e vediamo come va».

Il signor F vorrebbe urlare, bestemmiare come era suo solito fare in ufficio, prendere a pedate quella moglie ingrata che vedeva solo il suo tornaconto; invece non dice nulla, resta lì, tremante sia fisicamente ché di rabbia, non saprebbe dire, il confine è labile, la notte è il periodo peggiore. «Facciamo un tentativo» dice alla fine ingoiando il rancore.

«Sei un vero amore. Grazie» dice Anna, baciandolo.

Lei veniva dal Sud Tirolo e si sentiva orgogliosamente fuori dalla nazione, coerente col suo carattere, per nulla tenero anzi mordace. Il signor F all'inizio apprezza la sua potenza vitale, ma con il passare del tempo inizia a sospettarla di un lieve sadismo.

«Avanti, pigrone, è tempo di andare al bagno!».

«Ecco, sinceramente ora non mi scappa...».

«Ma ti scapperà e io non voglio pulire di nuovo. Ora al tre ti sollevo e facciamo i nostri bisogni».

Questo è solo un tipico esempio di come ragionasse la cara signora di quasi settanta anni, muscolosa più di lui e con un animo spiccatamente... nazista.

«Non la reggo più» dice il signor F alla moglie una sera, dopo tre mesi e mezzo di convivenza con Elsa.

«E cosa vorresti che facessi? La caccio? E chi si occupa di te? Ti lascio solo? Mi spiace ma la risposta è no, ho un progetto importante in ballo, non posso avere distrazioni. D'altro canto, quando tu lavoravi in ufficio non mi sembra di aver mai fatto qualcosa che ti abbia distolto dagli altissimi progetti che tu e quell'altro portavate avanti vero? ... Quindi...».

«Non tirare in ballo F. come sempre. Pare tu ne sia gelosa».

Lei sbuffa, comunicazione chiusa.

Il signor F tace. Ha deciso che il giorno dopo parlerà prima con il dottor Piccirillo, per sapere se vi sono novità, e poi con la cara Elsa.

«Ah, signor F, buongiorno. Come procediamo?».

«Non procediamo. Tremo tutto, non riesco più a lavorare, il rapporto con mia moglie va disgregandosi e ho ospite una austriaca nazista... Oddio è del Sud Tirolo però...».

«Si calmi. Le porto notizie importanti. Confermiamo che la sua malattia è ereditaria, quindi da lunedì iniziamo le staminali e speriamo bene. Ci sarà molto da lavorare, ma non si preoccupi, non è solo!».

«Fino a quando avrò i soldi per pagarvi, vero? Basta chiacchiere, iniziamo oggi questa cura sperimentale, la mia non è più vita».

«Stia sereno. Ai soldi ci pensiamo poi, qui abbiamo un bel cinquanta per cento di riuscita...».

Cinquanta per cento. Dentro o fuori. Non è la risposta che voleva. Chiude la comunicazione con la mano che trema più del solito. Sente suonare alla porta, con la sua comoda sedia si muove verso l'uscio e lo spalanca senza nemmeno chiedere chi è, lo sa bene.

«Come sta il mio malato oggi?».

«Elsa, lei è licenziata, addio!».

«Ma...».

Chiude la porta senza nemmeno pensarci. Sa che non busserà e che a breve chiamerà la moglie al cellulare per comunicare ogni cosa.

Decide di spegnare il dannato affare, ma prima fa un'ultima chiamata.

«Ciao F».

«Boss, come stai?».

«Uno schifo. I tremori sono peggiorati, ma confido in una soluzione».

«Ottimo. Se chiami per il problema al Server è risolto...».

«No, mi licenzio! Volevo dirlo prima a te, perché so che ci vogliamo bene e ci stimiamo. Sono stati anni fantastici ma basta, non vivo e lavorare così non è professionale. Se un giorno dovessi guarire, chissà, ma per adesso...».

«Ma F, sei sicuro? Cioè, è una decisione importante, come farai con le cure da pagare e...».

«Ci penserò quando sarà il momento. Per adesso è così. Nulla, ti saluto».

«Se ti serve qualsiasi cosa, lo sai, ci sono».

«Lo so». Attacca.

"Ti amo da sempre" avrebbe voluto dirgli, ma non può, non è giusto nei suoi confronti. Magari gli manderà un messaggio prima o poi.

Mette il cellulare su modalità aereo, apre la finestra dopo dieci minuti di tentativi e si avvia fuori, sul balcone, a godere dei caldi raggi del sole degli ultimi giorni di agosto.

Osserva il vuoto sotto di lui, calmo, in attesa. Sente le risate dei giovani, i pianti degli infanti e gli sputi dei vecchi affannati per il caldo che circondano il quartiere. Tutta la vita umana riassunta in pochi ettari di terreno.

Chiude gli occhi, inala.
"Fino a qui tutto bene. Fino a qui tutto bene. Fino a qui tutto bene". Il problema non è la caduta, ma l'atterraggio.

Elsa con la "z" pronunciata era rimasta di sasso, scossa. Nessuno nella sua vita si era permesso tanto con lei. "Ma adesso ci penso io, chiamo la signora e vediamo come si sistemano le cose. Un pazzo. Capisco la malattia, ma!".

Il telefono fece tre squilli.
«Pronto? Signora? Sono io».
«Ah, ciao cara, dimmi tutto».
«Si tratta di suo marito. Vede...».
«Che succede? Elsa? Pronto? PRONTO? Che cosa è stato questo tonfo? Elsa?».

Giù, dentro a questo Buco

«Sai andare in moto?».

Diniego.

«Allora sono cazzi, amico mio».

Se potesse ancora parlare, se avesse l'uso della lingua, sa che chiederebbe "perché?".

Butta via la mezza cicca fumata, trovata chissà dove in quella casa un tempo piena di gioia.

Layne, si faceva chiamare così adesso, ma un tempo aveva un nome molto più comune e faceva un lavoro molto più stupido che però riteneva banale, noioso, scontato, ripetitivo e privo di soddisfazioni.

Come tutti.

Lo faceva per la sua famiglia, doveva portare avanti questo Supplizio di Tantalo, giorno dopo giorno, ora dopo ora, anno dopo anno.

Bastava però il sorriso di suo figlio Giacomo, sette anni a dicembre, non che li avrebbe mai più compiuti, per dargli la forza che gli altri risucchiavano avidamente come una porno diva faceva con vari membri maschili.

Ma questo era prima, oramai il mondo conosciuto era scomparso.

Tante volte si era trovato a pensare che in effetti eravamo arrivati al capolinea, le cose sarebbero cambiate, si ripeteva ogni mattina andando al lavoro in moto.

Non sapeva che tutto sarebbe mutato in peggio.

Però aveva la sua Harley Davidson 883 e questo gli bastava, oggi.

Un tempo era solo un palliativo per sfidare la morte a velocità elevate.

Ci era andato vicino una decina di volte prima di mettere la testa a posto.

Sempre merito di Giacomo che adesso non era più.

Nel nuovo mondo sopravviveva ogni giorno chiedendosi perché lo facesse.

Non che ci fosse motivo di restare in vita, anzi, magari sparendo da questo piano terreno avrebbe rivisto chi amava e chi gli aveva cambiato la vita per il meglio.

Solo sette anni assieme, tutto nuovo, splendente, migliore.

Poi l'arrivo improvviso della Sindrome di Erzdämon, fastidiosa ma innocua.

Pensavano tutti.

Ora, seduto qui, giù nel buco della cantina e della sua vita l'unica domanda che si può porre è quanto avrebbero resistito e fin dove si può scendere, moralmente, nella vita.

L'altro il cui nome non sapeva e che aveva ribattezzato Tommy, lo guardava perplesso.

Avrà avuto ventisette anni, occhi azzurri, capelli lunghi e sporchi, trovare un barbiere era cosa alquanto difficile al momento, naso rotto e riaggiustato alla meno peggio, spaventato ancora.

Certo, lo stava per uccidere, solo alla fine si era reso conto che non era uno dei "tremanti".

Non che ne fosse certo, ma in ogni caso era preparato all'evenienza.

Passò la sigaretta al tipo che la prese con gratitudine.

Erano vecchie e stantie, ma dio mio, erano mesi che non ne fumava.

Fuori, sopra di loro, passi, rumori, grugniti.

Fece cenno di fare silenzio, strinse meglio le mani sulla sua Katana e attese.

Aveva avuto fortuna. Nel mondo di oggi avere armi da fuoco era inutile e pericoloso.

Esattamente come prima,

Per due motivi fondamentali.

Troppi rumori, attiravi gli altri tremolanti.

Se avessi trovato le munizioni saresti stato un drago.

Erano state requisite tutte dall'esercito ad evitare "spiacevoli incidenti".

Per la miseria, le cazzate delle forze dell'ordine erano sempre avanti, si trovò a pensare il ragazzo non più così giovane.

Quaranta anni di vita su questo pianeta e le peggiori nefandezze le aveva viste fare da Politici, Forze dell'Ordine e preti.

Si era tolto il capriccio di eliminare qualcuno delle ultime due categorie, ma di governativi non ne aveva visti.

Sperava fossero tutti morti, ma sapeva che in realtà erano dentro qualche bunker protetto a banchettare sui risultati di questa maledizione.

I pochi non "tremanti" ancora in giro erano pericolosi più degli "Infetti", termine stupido, da film di serie B.

Mentre rifletteva su come fossero oramai degradati peggio delle bestie, a come avessero intrapreso una discesa tremenda verso il fondo del buco in cui stagnavano, mentre la domanda ossessiva del "fino a dove arrivi a sprofondare, moralmente parlando" si sentì battere sulla spalla.

Fece un cenno con la testa a Tommy che gettò la sigaretta nell'angolo buio dello scantinato e indicò sopra la loro testa.

«Sì, possono entrare ma non ci troveranno. Il loro equilibrio è troppo precario per scendere o salire scale, ecco perché oramai i pochi viventi abitano sopra i tetti dei palazzi o in piani elevati, se riescono. Dobbiamo solo restare qui fino alle luci del mattino, poi andremo via, ma se non sai andare in moto abbiamo un problema».

Si osservarono. Gli occhi del giovane lo guardarono con pietà, voleva vivere, come tutti, e lui era la cosa più vicina alla sopravvivenza che avesse trovato.

«Ti spiego. La moto è veloce, rumorosa vero, ma agile. Possiamo passare in posti bloccati, lasciarci alle spalle i tremanti velocemente e scorgere un nemico molto prima».

«Buffo chiamare gli altri umani "nemici" vero? Ma alla fine siamo sempre stati lupi gli uni per gli altri.

Il mezzo che ora è nascosto nel garage qui vicino poi non interessa ai più perché non sanno usarlo.

Devo dirti comunque che hanno anche provato a sottrarmelo un paio di volte, adesso non possono più farlo...».

Davanti ai suoi occhi quel padre che impugnava la pistola con la bimba dietro di lui.

Sapeva che era un bluff, aveva cercato di dirgli di lasciare perdere e andare via, ma lui era stato categorico.

La moto serviva a lui e alla sua piccola creatura.

«No, è troppo tardi».

«Cosa cazzo dici?» aveva chiesto l'uomo pelato, magro, con la barba bianca, alto e allampanato. Occhi rossi dal non dormire.

«Ascolta. Sono stato genitore anche io. Non vuoi vedere quello che è successo. Lo comprendo...».

«Non capisci proprio un cazzo» disse sempre tenendolo sotto tiro.

«Va bene, come dici te, ma la moto non te la do, sparami, adesso».

Si era avvicinato di qualche passo mentre l'uomo tremava e contraeva le dita sul grilletto.

«Spara».

«Non costringermi...».

«Ho detto di farlo».

Così dicendo si era avvicinato alla canna della pistola poggiando la fronte su quel buco nero dove un tempo finiva ogni cosa.

L'uomo fece due passi indietro.

«Io...».

«Papà!» disse la bambina.

E fu la fine. Il tempo di girarsi e lei gli è sopra, lui si dimena, cerca di allontanarla ma non riesce. La sua forza è tanta, anche se trema tutta, vacilla. In pochi attimi lo abbatte, sangue e cervello volano ovunque.

Non è la prima volta che vede uno di quei mostri distruggere un uomo o una donna.

Letteralmente ti sventrano e spaccano ogni osso su cui posano mano.

Forse per il dolore che provano o forse per invidia recondita di non essere più sani.

Molti si chiedono come facciano a vivere, visto che di morti per "cause" naturali se ne trovano pochi ma la sua risposta è: "Chissenefrega".

Sfodera la spada che tiene sempre con sé legata al suo fianco destro e con un colpo netto spicca la testa della ragazzina che rotola via lasciando una coda di sangue sulla strada cittadina illuminata dalle prime luci dell'alba. Sempre tenere la lama affilata.

«Pochi attimi e saresti vivo, vecchio. Peccato».

Pulisce la lama sul vestito rosa del corpicino, ripone la lama e sale in moto.

Si rende conto, Layne, che ha raccontato tutto a questo sconosciuto che si allontana da lui di qualche passo.

«Lo so, è brutto, ma io o lei. Capisci adesso perché se non sai andare in moto, non dico guidarla, ma starci sopra, non puoi venire con me? Basta un minimo movimento sbagliato e ci troviamo culo a terra, forse feriti, in balia di quelli che adesso stanno zoppicando al piano di sopra.

Si tratta di sopravvivenza, lo capisci?

Sei in gamba, sopravvivere fino ad oggi, qui, senza armi, con quelle poche razioni.

Capisco anche che non resisterai per molto.

Non ho grandi cose da condividere con te, spero tu ne sia consapevole, anzi potrei ucciderti e prendermi tutto ma non voglio scendere così in basso nel mio buco morale.

Lo abbiamo tutti, fidati, ci sprofondiamo giorno dopo giorno facendo tanti piccoli atti di vigliaccheria o ipocrisia, non biasimo nessuno, è la natura umana.

Spero tu comprenda».

Tommy nella semi oscurità pare annuire, si rannicchia vicino ad una cassapanca che un tempo conteneva stracci, usati come molotov di sicuro dal giovanotto qui presente, e finge di dormire.

«Non doveva andare così, per la piccola, mio figlio, i genitori di tutto il mondo e quelle poche brave persone che ci bazzicavano, ma così vanno le cose, così devono andare».

Cerca un'altra sigaretta nelle tasche e trova l'ultima, mezza spezzata anche essa come il suo animo.

Sa che sarà un'altra notte insonne, sperava di riposarsi un po' prima di ripartire, deve ancora trovare della benzina, non lo preoccupa il fatto, sa dove andare, in queste zone non proprio di confine.

Sopra i "tremanti" camminano, odorano, cercano.

Alcuni sono ciechi e sordi, avvertono solo gli odori.

Altri sentono benissimo e basta.

Di vedenti ce ne sono, certo, ma non tantissimi, per fortuna sono tutti molto lenti e tremolanti, ma se ti afferrano non hai molte possibilità di vedere il domani.

Poco male, pensa.

Stranamente si sente rilassato.

La mente torna a quando ha piantato la lama nella testa di quella che era stata la sua supervisora.

Non l'aveva eseguito con piacere, ma doveva.

No, non era infetta, ma doveva morire per le cose che gli aveva fatto e che lui non voleva per nulla ricordare.

Comodo così, si disse.

Incredibilmente, il caos intorno a lui, il ricordo violento, lo porta verso una narcosi improvvisa.

Sogna di camminare mano nella mano con Giacomo, una spiaggia bellissima. Lui biondo e piccolo lo osserva come si guardano i super eroi. Non parlano, non serve, tra di loro si capiscono sempre al volo.

Arrivano vicino ad uno scoglio e si fermano. Gabbiani molesti volano in circolo cantando il loro disappunto.

«Andrà tutto bene» lo abbraccia Mario, il suo nome di prima.

Lui lo sa, sorride felice al sole nascente, forte, caldo.

«Ci vediamo presto» si sente dire mentre tutto collassa in un buco nero al centro del suo IO.

Si sveglia di soprassalto, un forte rumore attorno a lui.

Cerca di capire, ancora nel mondo di Morfeo, vede delle lame di luce entrare dal pavimento di assi sconnesse al piano di sopra. Qualcuno ha aperto la botola. Quando?

Luminosità è uguale a Mattino.

Realizza questo e di non essere solo lì dentro.

«Ragazzo?» chiede.

Nulla. Si alza lentamente, mano alla Katana che è sempre con lui.

Si guarda attorno e vede che il suo zaino è vuoto.

Ha preso ogni cosa, lasciandogli una bottiglia d'acqua e le chiavi della moto.

Layne sorride.

Povero uomo, pensi di sopravvivere così?

Si stiracchia e sale le scale della cantina, fa pochi passi e vede strisce di sangue che portano sin dentro alla cucina.

Si mette sulla difensiva e lentamente le segue.

Lo trova lì, sotto il tavolo.

Mezzo sventrato, bulbi oculari cavati, la lingua era già un ricordo.

Mani contratte nel rigor mortis finale.

"Ah, se fossi rimasto con me! Come tutti i giovani hai agito impulsivamente, dovrei dire che mi spiace ma in realtà sei stato un grande coglione".

Sposta il cadavere con un calcio e recupera lo zaino di Tommy con dentro la sua roba.

Inzuppato di sangue e viscere.

Senza preoccuparsi tanto estrae la roba e la rimette nella sua borsa di pelle, se la calca in spalla ed esce fuori.

C'è stata una battaglia lì fuori, chissà fra chi, non importa.

Apre il garage, osserva la sua Nera Regina.

Dispone il bagaglio, da un bacio al serbatoio, la spinge fuori e quando è sicuro della strada sgombra la mette in moto. Consulta rapidamente la mappa. Est. Lì c'è carburante.

Il cielo è coperto, leva la neutra, ingrana la prima e parte.

Dietro di lui due tremanti cercano di raggiungerlo ma è troppo veloce e poi il sole sta sorgendo, non possono fare nulla.

Osservando quella palla di fuoco ardente nel cielo respira sorridente.

È stato troppo tempo giù nel buco, ora occorre spiegare le ali e sopravvivere un altro giorno.

Amami come un Rettile

"La masturbazione mi ha salvato la vita" pensa Stefano disteso nella semi oscurità della stanza.

Una lampada Lava gira pigramente sul comodino così vicino eppure così lontano, lasciando sulle pareti segni belli, ipnotici e a tratti inquietanti.

"Forse avrei dovuto continuare così per il resto della mia vita invece di cercare altro...".

"Chissà?".

Il grande poster, quasi un quadro, di Lemmy lo osserva beffardo dalla parete davanti a lui.

Pile di Vinili sono impilate a destra e sinistra della camera da letto, il giradischi della Sony bello e d'antiquariato freme per sparare fuori le sue note.

Sente un intorpidimento a braccia e gambe, il suo desiderio sessuale va lentamente morendo, così come la sua erezione.

Si chiede dove sia andata a finire Lena, la ragazza incontrata per caso due sere prima al solito bar di provincia frequentato da piccoli ragazzini che si sentono grandi, frustrati padri di famiglia in cerca di emozioni forti, tossici e harleysti, ovviamente.

La cosa bella è che lui per adesso non è in nessuna di quelle categorie.

Va in quel luogo da quando ha compiuto diciotto anni, per starsene da solo, a pensare, osservare la vita, prendere appunti sul suo Moleskine nero.

In dieci anni ne ha di storie segnate lì sopra.

Sarà il suo capolavoro, lo sa. Soprattutto adesso che il mondo sta andando a puttane, e non è una frase detta tanto per dire, assolutamente, è vero. Pare che questa Sindrome stia prendendo piede velocemente.

Niente di che, tremolii vari, non c'è il rischio della pandemia, come fu venti anni prima circa.

Se lo ricorda bene, fu spaventoso e anche in quel frangente menarsi l'uccello gli aveva evitato la follia.

Sì, era vergine e non per scelta.

Forse un po' sì, avrebbe potuto andare con amiche della madre che avevano fatto capire il loro interesse. Alla fine, alto quasi due metri, occhi verdi, capelli neri corti, barbetta da "intellettuale", come diceva sua zia che è la prima persona al mondo ad amarlo davvero e ad essere la regina dei complottisti.

Anche di questa situazione ne dice di tutti i colori, per lei è "l'esperimento finale", quello che avrebbe eliminato la razza umana.

«Per questo devi fare sesso» gli dice ogni sera su WhatsApp, gli propone figlie improbabili di amiche storiche nonché, alla fine, persino siti di escort frequentati da colleghi di lavoro». Bello il lavoro del Broker, si dice Stefano.

«Posti sicuri, donne pulite, i soldi te li presto io».

Sorride, adesso, al ricordo.

Di ragazze ne ha avute tre, quattro se contiamo la bella Chiara, tre giorni e mezzo, poi, quando gli aveva chiesto cinquanta euro per un lavoro di mano – pagato, salutato e addio – aveva capito che non era l'amore della sua vita... In verità nessuno lo era mai stato, automatiche simpatie finite nel giro di pochi mesi.

Cominciava a pensare che sarebbe rimasto solo per sempre fino a quando non incontrò lei, per puro caso, in una calda notte in cui voleva restare a casa ma poi si era convinto che la vita notturna era meglio di ogni serie televisiva passata, presente o futura.

Forse ora si pente della propria scelta.

Inizia a sentire caldo, ha sete, vede una bottiglia d'acqua nell'angolo vicino al divanetto di pelle, ma non ci arriva.

Sarà poi sicura quella bottiglia? Chissà se, vista la donna, non c'è dentro qualche tipo di droga.

Fa nulla, ha sete.

Il grande boa chiamato Philty Animal giace stanco nel proprio rettilario.

Sì, lo sapeva bene che Lena ama i serpenti.

La frase, infatti, che l'aveva fatto innamorare di lei dopo tre sere di frequentazione, dopo un bacio molto umido e lungo e una mano che gli stringeva il membro eretto, era stata:

«Adesso Amami come un rettile».

Un passo indietro.

Lasciate che vi parli di Lena.

È una persona notturna, la luce del sole, a suo dire, non era sua amica.

Il padre l'amava ma preferiva le droghe pesanti e la madre invece, pur avendo un bellissimo rapporto con lei, preferiva l'uccello di molti. E non è ornitologa.

Nonostante queste deviate figure di riferimento ha passato una giovinezza bella e spensierata in campagna, a correre dietro agli animali, saltare sui covoni di fieno, inseguire le nuvole con la fantasia.

I genitori la adoravano, stavano tantissimo assieme facendo molte cose surreali, tipo il rituale di Midsommer o pregare Horna nella notte di Valpurga.

I nonni, che vivevano poco vicino, le insegnarono ogni cosa su come gestire orti e selvaggina varia.

All'età di undici anni sapeva sparare, preparare trappole, intagliare il legno.

La televisione era bandita da casa, la Radio sempre come sottofondo, soprattutto vinili di Rock and Roll ed Heavy Metal.

Il Dio Lemmy, così diceva suo padre, vegliava su di loro e li proteggeva.

Quando il padre era "fuori" sua mamma era presente, stessa cosa quando la donna se ne andava per le sue avventure Bondage-Sadomaso.

Tutto era splendido ma non poteva durare.

Quando giunsero i sedici anni suo babbo smise di assumere ogni tipo di droga.

Per contro la genitrice si riscoprì evangelica e monogama.

Non le dissero mai il motivo, sospettò avesse a che fare con una persona che veniva spesso a casa loro nei fine settimana, si chiudevano nello studio e parlavano. Chiese più volte e le venne sempre risposto che era un "amico speciale di cui tutti abbiamo bisogno".

Le cadde il mondo addosso. Niente più riti, nottate in tenda, risate, musica pesante, letture di libri vari.

In casa giunse persino uno Smart Tv su cui vedere tutte le migliori serie riprodotte in streaming.

Il vero inferno.

Lentamente aveva iniziato a chiudersi in sé stessa, a giocare con la tavola OUIJA e cercare di evocare i demoni, capendo che erano tutte stronzate.

Una notte di due anni dopo si era alzata, aveva fatto i bagagli, aveva chiamato la sua migliore amica e se ne era andata di casa per sempre.

I suoi genitori avevano avuto molti dialoghi con lei cercando di farla "rinsavire" ma lei, pur amandoli, aveva fatto capire che doveva seguire la propria strada.

Così aveva fatto.

Era diventata, grazie ad un'assidua applicazione e allo studio costante, una delle migliori Lap Dancer della nazione.

Aveva comprato la casa dove adesso lui giaceva nudo e fremente, più o meno, il rettilario, amando ogni tipo di essere strisciante e\o esotico, e l'aveva riempita delle cose che amava di più da bambina.

Al suo contrario era una schiava del sesso.

«L'ho preso da mamma, sicuro».

Ricorda tutto questo.

Ricorda anche quando l'ha vista la prima volta.

Alta, occhi verdi, seno pazzesco, tatuaggio di un grande

serpente sulla schiena fino a sotto il sedere, ha scoperto stanotte, capelli rosso fuoco, labbra che l'avevano fatto impazzire da subito.

«Ti vedo spesso qui» gli dice la prima sera.

«Io è la prima volta».

«Vieni agli orari sbagliati».

«Ah sì?».

«Non mi offri da bere?».

«Certo, scusami».

Due birre. Che diventano quattro e poi sei.

Parlano di tutto questo, lei ride quando Stefano ubriaco le dice che le ricorda una porno attrice molto apprezzata su PornHub.

«Scusami» aggiunge.

«Di nulla». In quel momento gli rivela la sua dipendenza erotica.

«Conosco bene quel sito. E Redtube, Youporn, Xnxx, quanti ne vuoi. Sono una erotomane, sai, non ti stupire, ho giocattoli erotici di ogni tipo per ogni buco e perversione».

Stefano fa cenno di no con la testa, mentre la tensione sessuale e sensuale tra i due aumenta.

Si salutano con un bacio che arriva alla mezza guancia, vicino alla bocca.

Stefano torna a casa e dopo aver urinato si masturba violentemente, introiettando il suo amore ovunque.

Sa che deve pulire la mattina dopo, ma non ha nulla da fare, si può alzare presto, risolvere il problema e poi tornare ad oziare.

Sua madre tanto è fuori per lavoro con suo padre, sua è la vita e la città.

Magari continua a scrivere il suo grande romanzo che sarà pubblicato, lo sa, dalla Mondadori o Rizzoli.

Il giorno passa in fretta e la notte arriva.

Di nuovo lì, di nuovo Lena.

Qui è il momento in cui lei, dopo Tequila Bum-Bum e Jack Daniels, gli dice di attendere.

Si alza e scompare.

Pensa sia andata al bagno e invece, pochi attimi dopo le luci si spengono e un vecchio, laido grasso uomo annuncia lo spettacolo di Lady Snake.

Nella mezz'ora di esibizione nessuno parla, tutti sono rapiti dalla sua bellezza, la sua bravura, il suo modo di dominare il palco.

Ha il controllo totale sul pubblico, uomini e donne. Stefano, e altri come lui, ha una possente erezione.

Se fosse da solo sarebbe già venuto toccandosi, ma non può, e sente un dolore fortissimo alle parti basse.

Alla fine, tutti applaudono, si alzano, fischiano, lei raccoglie la lingerie rossa come la sua chioma, inchino e scompare.

Per quella sera è finta così.

Stefano paga e si allontana.

Scrive tutto sul suo Moleskine, comincia a dirigersi verso casa quando lei lo raggiunge da una porta sul retro.

«Ti è piaciuto?». Poi abbassa lo sguardo.

«Direi di sì» ride fissando la colonna traiana formatasi nei suoi pantaloni.

«Io... sei stupenda».

«Grazie. Tu sei...particolare. A domani sera».

Inutile dire che anche quella sera la mano lavora alacremente su sogni di gloria.

Sente che è lei.

Lo scrive alla zia, che vuole una foto, le manda il link di Instagram e la donna per tutta risposta dice che se non se la fa lui ci pensa lei.

Sì, zia è bisex, tra le altre cose.

Si addormenta stanco, rilassato ma felice.

La mattina la ammazza scrivendo di lei un poema, mangia poco, sente i suoi, si fa una canna pesante, fame chimica che compensa con le gocciole al caramello salato, ed è di nuovo buio.

La sera del bacio, delle frasi, dell'amore.

«Domani vieni da me, andiamo fino in fondo».

«Devo dirti una cosa. Sono vergine» lo spara così, senza pensarci, non lo sa il motivo, lo voleva dire, sente una grande affinità elettiva con Lena; quindi, è giusto che sappia ogni cosa di lui.

Lo guarda, si lecca le labbra con gioia.
«Giura».
«Sì, io mi masturbo molto, ma voglio fare l'amore solo con una persona che amo davvero...».
«Sarei io?».
Arrossisce.
«S... Sì».
«Mio dio, mi fai impazzire, dopo nemmeno tre giorni!».
Ridendo lo prende per mano, lo fa alzare e lo porta nel bagno dei maschi, sbattendolo a sedere sulla tazza.
Senza dire nulla gli apre la patta e gli inizia a praticare una fellatio perfetta.
Stefano non sa che dire, chiude gli occhi e si gode il momento che dura due minuti e zero sette secondi.
La chiamano sul palco, si alza e corre via.
Non saprà mai se ha sputato o ingoiato.
Su gambe malferme si alza e torna in sala a godere della sua donna.
Ora sa che sono anime affini, per la prima volta dopo tantissimo tempo è felice, innamorato, vivo.
Ed ora è qui.
Va a prenderla al bar, non ha la patente, con la bici. Lei lo sa, è contenta.
Sale in piedi sul porta pacchi e urla di marciare come i soldati della Morte verso l'amplesso definitivo, cosa che lui fa senza dire nulla.
Ridono, urlano, sono vivi nella notte di Valpurga.
Arrivati a casa lei lo lancia su letto, lo spoglia – si era vestito da rocker, maglia nera dei Mötorhead, pantaloni attillati, Dottor Martens e giubbotto di Jeans con le toppe di vari gruppi – e gli presenta il suo animale domestico.
«Ti piace?».
«Lo adoro» dice, ed è vero. Un pitone bellissimo, stanco del caos, gli mostra la lingua e cerca di fuggire. Lo rimette al suo posto, poi si dedica a lui.

«Ti piace l'onanismo vero?» chiede e senza ottenere risposta gli prende il membro eretto. Lo stende sul letto e ridendo dice: «Vedo che abbiamo un grosso problema».

Sfila da dietro i cuscini delle manette e sensualmente lo incatena al letto.

Lui ride ma ha un po' di paura.

«Sarà una prima volta indimenticabile» dice lei, poi si dirige nella stanza attigua. La sente aprire la doccia e armeggiare con qualcosa.

«Porca troia» dice.

«Tutto bene?».

«Sì, non riesco a fare una cosa, mi tremano le mani, sarà il Delirium Tremens?» scherza lei facendo riferimento al troppo alcool assunto in questi anni.

«Ma no, dice lui, è l'emozione».

Ridono.

Poi cala il silenzio e resta solo lui con il rumore dell'acqua che cade colpendo le piastrelle.

Da allora sono passati venti minuti. Nudo, incatenato al letto, eroticamente aspetta.

Fuori sente, nella notte, urla, sirene, altoparlanti. Cosa stia succedendo non lo può sapere.

Attende. Attende. Attende.

Si addormenta.

Il risveglio è doloroso. Qualcosa gli sta stringendo il collo fortemente. Apre gli occhi e si trova a fissare il pitone che lo guarda a sua volta. Deve essere uscito dal rettilario.

Eppure, sembrava chiuso a chiave.

E se fosse stato tutto preordinato?

La ragazza di cui si era invaghito era una specie di proto-satanista devota al Re ofide? Lei lo amava?

Pensieri di un cervello a fine ossigeno.

Cerca di urlare, divincolarsi, sente le costrizioni segarlo a sangue alla base dei polsi e delle caviglie, nella disperazione piange e chiama sua madre.

Mentre tutto diventa nero una figura alta entra di corsa ma tremante nella stanza. Urla di dolore o piacere, non sa dirlo, vede la scena e si lancia sul letto.

Inizia a mordere l'essere strisciante, poi lo solleva come fosse fatto di cartapesta e con un semplice colpo lo apre a metà, uccidendolo.

Imbrattato di sangue e viscere animali Stefano urla fino a farsi finire la voce.

Lena lo osserva non vedendolo, gli salta sopra, mezza nuda, con un completo di latex non finito di indossare; dapprima gli eradica il pene, per il dolore quasi sviene ma vuole sopravvivere, spera, quindi si oppone tenacemente allo spasimo, inutilmente, visto che lei senza fermarsi inizia a squarciargli la pancia a mani nude. Arriva sin dentro lo stomaco, fegato, intestini, merda, vita, tutto gettato fuori, sul letto e per terra, tra i frammenti di animale giacciono quelli dell'uomo, si amano e si fondono uno nell'altro.

Quando il dolore è talmente alto da farlo godere di piacere, se avesse ancora un membro riproduttivo eiaculerebbe, Stefano ride e pensa:

"La masturbazione mi avrebbe salvato la vita". Buio.

Versare il sangue

«Lo so che mi senti. Sei sveglia, porca puttana. Lo vedo, percepisco anche i tuoi pensieri. Dove sono? Perché qui? Chi sei tu? Se mi dai retta in breve tempo saprai ogni cosa».

«Apri i fottuti occhi, ti ho detto, altrimenti iniziamo subito con il trapano, che mi sono lasciato per il gran finale. Ahm! ma ti piace fingere anche adesso? Hai una scelta, ora, io te le ho sempre date, ammettilo, giocatela bene, fidati...

«No? ancora vuoi prendermi per il culo? Pensi di essere dura?», va bene, lo hai voluto tu.

Rumori vicini di cerniere che si aprono e chiudono nervosamente, qualcosa viene cercato, ansia, il respiro è affannoso. Metallo contro metallo, silenzio. Imprecazioni sottovoce, di nuovo violenti colpi sul tavolo di frustrazione. Poi un sussurro di soddisfazione, una specie di risata orgasmica.

«Eccolo qui. Ora facciamo un bel test di funzionamento, ma sono sicuro che va, a casa ha fatto ottimi buchi nel cemento, figurati nelle tue ginocchia. Abbiamo tempo, lì fuori c'è l'inferno, ma io sono riuscito a trovarti prima di loro. Non mi sarei mai tolto la soddisfazione di chiudere finalmente il conto con te, brutta stronza. Mi senti? Dico a te, sei brutta anche se ti abbiamo tutti fatto credere che fossi una donna bellissima. Tutti? Io soprattutto perché ti vedevo con gli occhi del cuore ma alla fine sei un mostro, dentro, fuori, non importa. Per nostra fortuna elevata non ti sei mai riprodotta, anche se ci sei andata vicina».

Rumore di spina che viene inserita. Silenzio. Click.

Il trapano si anima in cerca di lavoro da fare.

«Uno due e tre, Marino arriva per te...».

Sempre più vicino alla gamba destra scoperta della donna, la punta per il ferro inizia a scendere lentamente. Il rumore è tipo quello che senti dal dentista piuttosto che dentro un cantiere. Il suo strumento non è professionale, da hobby sicuramente, ma sa far male davvero.

Quando la punta è appena ad un cm di distanza lei apre gli occhi emettendo grugniti.

«Bene, bene, sei sveglia. Guardati, con il trucco sfatto e questo straccio così sporco in bocca. Per te che ti sei sempre sentita la regina degli uffici ordinati, così perfetta e, soprattutto, misofobica deve essere un bel trauma. Vero, lurido pezzo di merda? Perché lo sei. E te lo farò ammettere prima che tu soffochi nel tuo stesso sangue».

«Voglio essere sincero con te, lo sono sempre stato. Non uscirai viva da qui. In verità nessuno sopravviverà a questa notte perché alla fine o mi prenderanno loro o mi farò fuori io, dipende da quello che succederà da qui a tre ore. Pensavo di trovarti molto prima ma avevi già abbandonato la città. Ho passato due ore a chiedermi dove potessi essere finita. Poi mi sono dato dello scemo, come mi dicevi sempre tu, e mi sono recato a casa dei tuoi. Erano di fretta a preparare i bagagli per fuggire. AH, SCAPPARE. Ma dove vogliamo andare tutti? Non c'è più un luogo sicuro, te lo giuro. Soprattutto dove ci sono io. Oddio, scusa la mia risata, queste battute che ti facevano tanto ridere e poi andavi in giro a dire che ero un povero idiota che si credeva simpatico».

«MALEDETTA TROIA! No, scusa, non è giusto questo, tu non sei una di quelle là. Altre sì, tu no, il tuo candore mi prendeva, il tuo essere così perfettamente provocante. Tutte bugie, sei un mostro peggio di quelli fuori, lo dovevo capire».

«Erzdämon è stata la benedizione per me e per molti altri. Certo, è una gioia momentanea come tutte ma quando avrò finito con te sarò pronto ad espiare ogni altro peccato. Dopo questo, nulla mi spaventa o spaventerà mai più».

«Iniziamo con il bisturi, questo lo ricordi? Lo avevo in ufficio... ti vedo preoccupata. Lo sai che morirai, stai tranquilla. Perché scuoti la testa? Non vuoi morire? Mi vuoi chiedere qualcosa? Perfetto. Però c'è una cosa che devi sapere. Se ti levo quello straccio dalla bocca potrai pormi tre domande, dopodiché ti strapperò la lingua con queste belle pinze che ho qui. Potrei usare il coltello ma non mi darebbe soddisfazione. Potrei anche prima spaccarti tutti denti a martellate o usando questo bell'attrezzo qui, non lo so ci devo pensare. OOOH, che occhi grandi che hai!!! Per guardarmi meglio? Oddio rido troppo, vedi come ancora oggi mi rendi felice? Saremmo stati una bella coppia, anche sul lavoro e invece tu ha rovinato tutto. COMUNQUE, dimmi pure. Vuoi che tolga quel pezzo di stoffa pieno di batteri dalla tua bocca? Scuoti la testa per sì o per no».

«NON TI VEDO! Sarà per questi capelli troppo lunghi? Il tuo vanto, come li acconciavi, soprattutto quando passavano autorità in visita! Ho la soluzione però, aspetta un secondo, ho pensato proprio a tutto». Apertura di nuovo della borsa di pelle marrone da chirurgo, ricordo di suo nonno Giulio, medico e primario.

«Eccolo qui, questo l'ho trovato subito. Su di me, come puoi vedere, ha fatto un gran bel lavoro, non che ci fosse poi molto da togliere. Come è che dicevi quando non ero presente? Quel pelato cazzone quasi obeso? Sulla prima parte ho risolto, la seconda ci penseranno i vermi molto presto. Adesso, aspetta che mi avvicino, le batterie sono belle cariche». 20 minuti dopo.

«Ma come siamo belle! Che bel cranio che hai. Perché piangi? Da pelata sei bellissima. Il tuo volto tondo è messo in risalto, i tuoi occhi marroni così comunicativi, come dicevi tu, sono in bella vista. Anzi, aspetta un secondo che li voglio vedere per sempre così, spalancati e pieni di dolore. Puoi piangere, come stai facendo adesso ma attendi un secondo che prendo questa idea presa dal film "Opera". Li ho fatti ad arte, non so quanto potrai resistere, fa parte anche questo del gioco. Un secondino. Ora ti spiego. Ti applico questa garza con sotto del collante forte, sì ti si fonderanno con la pelle, non fa nulla, oramai lo sai no? ci sono sei spilli sottili che puntano nella tua pupilla. Se sbatti le palpebre non le riapri. Se ci riesci, sei piena di risorse, non è detto che vedrai di nuovo. Lavoro preciso, non è questo che ci chiedevi sempre? Ti piace adesso così vero? Una cosa fine, fatta bene».

«Stronza maledetta, pensavi all'estetica, all'apparenza e io ti credevo, io pendevo dalle tue morbide labbra. Daremo una sistemata anche a loro».

«Ma guarda che capolavoro che sei adesso. Ti dà fastidio? Stai lacrimando. Oh, ma quello è muco, non è bello sulla tua persona, fatti pulire. Molto meglio adesso, vero? Dicevamo, provi un disturbo? Tranquilla sono i fumi dell'Attack, passa presto. Guardiamoci dritti negli occhi».

«Mio dio come sono simpatico, che risate ci siamo fatti. Aspetta, com'è che dicevi "Un contatto visivo con il cliente è essenziale. Tu tendi ad abbassare lo sguardo e non va bene, dobbiamo sempre portare senso di sicurezza nelle persone con cui trattiamo. Cerca di impararlo altrimenti non sei idoneo per questo ufficio". Hai visto? Adesso ho imparato».

«Abbiamo divagato troppo, sono già passati cinquanta minuti. Non ci hanno ancora scoperto qui. Oh, ma hai capito dove siamo? Guardati attorno. Ma che sciocco che sono, non puoi muoverti. Sì, ti ho inchiodato le mani alla sedia, non senti dolore perché ti ho dato un forte sedativo che sta per finire il suo effetto. Ho cicatrizzato bene, tranquilla, non ci sono infezioni. Lo smalto perfetto però non te l'ho toccato, già qualcosa no?».

«SCHERZO! Cosa ne so io di medicina e infezioni? Il sangue è stato versato è sotto i tuoi piedi, ah non puoi chinare la testa, sei legata forte allo schienale. Fidati però che è così. Dicevo, non puoi mica saperlo dove sei. Aspetta che giro la sedia. Gira, gira, giraaaa. Ti è piaciuto? Tipo giostra. Sì lo so è tutto in penombra, ho acceso le due piccole lampade a te note. Non posso rischiare che ci scoprano prima. Lo faranno, ma non è detto che riescano ad entrare. Sto divagando, hai capito dove siamo? Hai fatto cenno di sì? Brava, l'Archivio, il posto dove ho scoperto cosa pensassi davvero di me, dove ti facevi sbattere con violenza da Mario che amava le donne grasse, infatti, e dove hai elaborato tutto nei minimi dettagli per distruggermi. Nascosto lì, dietro il grande vecchio specchio, ti ho scoperto per caso quel giovedì. Mettere due telecamere comprate da Temu è stato semplice. Ah, sì lo stesso posto dove mi sono dichiarato e tu con la tua innocenza mi hai detto che ero speciale per te, un vero amico, un fratello su cui contare ed eri ancora sconvolta dalla fine della storia di dodici anni con il tuo ex. Altre cazzate, quante me ne hai raccontate. Ho accettato e pianto per giorni ingozzandomi di schifezze del Mac e Burger King. Ti chiamai per dirti che stavo male, hai finto pietà e tenerezza, in realtà ne eri felicissima. Bastarda, falsa, ipocrita. Mio dio quanto tempo abbiamo perso, stavamo dicendo? Ah, sì, vuoi che ti tolga il legaccio dalla bocca? È un no? ok, rispetto tutto. Di che parlavamo? I tuoi genitori... sì. Giusto, hanno detto che non avevano idea di dove fossi fuggita che ti saresti fatta sentire presto. Loro anche sapevano tutto quello che dicevi e pensavi di me, mi trattavano come uno di casa e invece... Tuo padre ha ceduto poi, lo sai? Dopo che ha visto tua madre percossa a morte con una spranga di ferro mi ha detto dove eri».

«Era tosta la tua genitrice. L'ho pestata per bene, tubo di ferro eh, roba pagata bei soldi, ci ha messo mezz'ora a morire sotto i nostri occhi. Tuo padre di meno, è bastato tagliargli la gola e... ma aspetta, perché parlare? Ho qui un bel video in 4K, non puoi immaginare la qualità video degli IPhone oramai! Lo potrei anche caricare su YouTube, che ne pensi? Visuals a gogò prima di venire rimosso e io arrestato. Ci penso, tanto che ho da perdere. Intanto, goditi lo spettacolo».

«Tieni, guarda pure. Tanto non puoi chiudere gli occhi».

«Ci sei ancora? Ti vedo catatonica. Eri sorpresa due ore e mezza fa di vedermi vero? Anche io. Sicuro che fossi scappata via e invece il destino. Vedi? Siamo fatti per stare assieme. Oh? Mi ascolti? Mamma mia quante storie per due aghi, due chiodi e due genitori in meno. Oddio, scusa se rido, con te la mia verve ironica esce sempre fuori. Non tenermi il muso dai, ti ho anche messo ai lati quei tuoi maledetti deodoranti ambientali che ti piacevano tanto, mentre a noi altri davano il fottuto voltastomaco. Tua sorella come sta? Spero bene, l'ho lasciata in salotto narcotizzata. Certo ho anche dimenticato la porta aperta, chissà se poi è riuscita a chiuderla oppure... Ma non ci si pensi, era in gamba, più di te sicuramente. Eccoci io e te, allora ti starai chiedendo cosa voglia da te?».

«Versare il sangue. Perché tu hai calpestato persone, distrutto famiglie, ucciso sogni solo per la tua carriera. Hai visto dove ti ha portato? A morire inchiodata ad una sedia da ufficio dal costo di circa duecento euro per mano di colui che per dieci anni ti ha rispettato e si è fidato di te».

«Come è stato quando l'ufficio del personale ha finalmente accettato le tue richieste, spostandomi non solo di ufficio, cambiando mansioni, soprattutto mandandomi in un'altra città? I miei hanno sofferto della mia partenza, ottantadue anni lui, settantotto lei, li ho rivisti solo quando oramai era troppo tardi. Sono morti per il dolore della lontananza, ma te ne sei sbattuta il cazzo di questo, vero? Hai goduto? Ti sei fatta una bella scopata con Mario nei sotterranei? Hai assorbito tutto il suo seme sperando di avere un figlio? Ci eri quasi riuscita, poi sono giunto io. Mario me lo ha detto sai? Della vostra creatura in arrivo. Prima che lo appiccassi al gancio da macellaio nel suo garage, comprato io e affilato a mestiere, dicevo, mi ha supplicato di non farti male che eri in dolce attesa».

«Lo sapevi? Credo di sì, ora forse non è più così. Meglio, mettere al mondo un'anima innocente da un grembo maledetto e marcito in un mondo alla fine dei tempi... Oh, ma senti? Hanno sfondato i piani di sopra! Sono arrivati, alla fine, occorre essere veloci. Vediamo, prendiamo il martello, è tempo di fare spazio nella tua bocca per poi eradicare quella velenosa lingua per sempre».

«Mi stai ascoltando? Te ne stai andando? Così presto? Mio dio ma non eri quella forte, determinata che ha risolto le "Cazzate che combina Marino", eroina ad alti livelli della ditta?».

«Non ti sei mai resa conto che ci siamo sempre e solo occupati di fottuta logistica. Pacchi per dio, spostati dal punto A al punto

B. Potevano essere fiere, eventi importanti, supermercati, ma di quello si trattava: gestire lo spostamento di merci. Lo fanno anche i traslocatori da anni e mantengono un profilo basso. Tu no, eri la regina delle scatole di cartone per una ditta, sì, una grande azienda te lo concedo, ma alla fine pensi davvero che la gente là fuori amasse e ammirasse il tuo operato o conoscesse e ricordasse il tuo nome?».

«NO! ma io sì! Io ti ho amato davvero, seguito in ogni impresa folle, fatto di tutto per te, rinunciato anche ai miei giorni di ferie per farti riposare di più, tanto non avevo nessuno con cui condividere il riposo, lo so hai detto anche questo, presomi anche colpe non mie per cosa? Eh? Dimmelo. Che hai? Perché stai tremando tutta? No, non mi fare scherzi, non puoi dipartire adesso, non abbiamo nemmeno iniziato, ho evitato di farti morire soffocata dal tuo stesso vomito perché IO devo porre fine alla tua esistenza, non ci provare maledetta stronza...».

«Non è giusto. Non è giusto così. Dovevo essere io non... ma guarda come sei bella, anche da vitrea, morta eppure splendente. Vorrei possederti carnalmente ora, ma non posso violare questo tempio che nemmeno mai con il cervello ho osato fare. Mi limiterò ad un casto bacio sulle labbra...».

«Mi hai morso? Mio dio fa male, ma allora... Cosa fai, stai staccando le mani dalla poltrona? Ma che forza hai, oddio, stai spaccando tutto, gli occhi non li apri però eh? Bel lavoro ho fatto? Dimmi di sì, dio, anche così sei la mia dea, sì vieni da me, anche grugnendo non c'è problema. Perché tremi? Hai freddo, arrivo a scaldarti, amore...».

Marino muore così, sventrato, la sua testa spiccata di netto, il cranio aperto contro il muro, il sangue versato disegna sul muro arabeschi del destino. Il suo angelo sterminatore cammina tra i resti spiccando via le gambe e le braccia dell'uomo innamorato. Sente qualcosa sopra di lei ma salire le scale è difficoltoso. Inizia lentamente, un piede dopo l'altro cieca ma in preda all'istinto. A tre gradini dalla porta blindata chiusa a chiave sbaglia le misure e cade rovinosamente di sotto spaccandosi il collo. Lorena muore così, torturata psicologicamente e fisicamente, infettata da Erzdämon senza saperlo, non aspettando nessun bambino, era la sua solita bugia per tenersi l'uomo che amava ma che non voleva legami, la usava solo come guaina per il suo membro, abbracciata ai resti sanguinolenti dell'unico essere umano al mondo che l'avesse mai amata per quello che era, non per il suo futile apparire. Persino i suoi genitori oramai la sopportavano a mala pena, raccogli quello che semini, alla fine. Spunta il sole su una città devastata e in preda al panico. Le strade sono piene di plasma versato, una rossa corrente fluente spinta giù nei tombini e verso il suolo dalle grondaie a causa del forte temporale che si è abbattuto senza pietà sulla regione dalle tre di notte.

Nelle mie ore più buie

Il Procacciatore si prepara. Fuori imperversa il gelido inverno, tutto è bianco, ha dovuto attendere ma adesso è il momento giusto. Con il freddo sono lenti, molti rimangono congelati. Alcuni muoiono, i più sono bloccati. I migliori, facili da prendere e da conservare. C'è molta richiesta durante questo periodo, lui lo sa, se ne fa scorta per l'estate. Se sei bravo con quello che ti danno di baratto puoi sopravvivere anche due anni se non ti fai beccare.

Se sei il migliore, come lui, puoi andare avanti per sempre, almeno fino a quando la vecchiaia non ti fermerà le giunture, mettendoti in attesa della morte naturale, più o meno.

Controlla la benzina nella moto slitta, ce ne è abbastanza per arrivare al luogo di caccia. Dovrà essere silenzioso, ovviamente, non vuole trovarseli addosso tutti.

Non perché teme di morire, bensì non vuole rovinare troppo la mercanzia.

Inizia la vestizione, calzamaglia nera, giubba nera, passamontagna con buco solo per gli occhi, cappuccio e croce di ossa da mettere in viso.

Non è un vezzo. Non sentono l'odore se indossi delle ossa su di te.

Sembra strano ma è comprovato.

Almeno loro lo credono e fino ad oggi così è stato.

Più grandi sono e meglio è, la sua configurazione è media, non gli pesa, anzi, spesso è utile da mirino per prendere le misure.

Infine, la sua pala, affilata. Gli altri lo prendevano in giro, andare a caccia di "tremolanti" con una cosa simile.

Adesso molti lo vengono a cercare e pregano di insegnargli la nobile arte.

Quei pochi che sono sopravvissuti al suo allenamento, oggi, sono grandi Procacciatori.

Gli altri sono materiale di scambio di ottimo pregio.

Ecco perché accetta adepti. Per sopravvivere e cercare tra di loro il suo erede.

Non ce n'è stato uno degno.

Poco male.

Si osserva per l'ultima volta nel grande specchio davanti a lui e recita la preghiera che tutti loro sanno da quando è iniziato il nuovo mondo.

«Cammino da solo
Verso la terra promessa
C'è un posto migliore per me
Ma è molto, molto lontano
La Vita eterna mi attende
In un mondo perfetto
Ma prima devo morire
Per favore, Dio, mandami per la mia strada».

Si inginocchia, poi, con la calma che lo ha sempre contraddistinto, dopo essersi rialzato sale sul suo mezzo, lentamente lo spinge fuori a mano e lo mette in moto. Ha applicato la sordina al motore, deve evitare ogni minimo errore, può essere fatale ai suoi affari. Prima di muoversi nel luogo indicato controlla il gancio da traino.

Perfetto.

Accende i cavalli, accelera e affronta il freddo inverno per la prima volta quest'anno.

Il viaggio è tranquillo, rapido, farà scuro presto e nelle ore più buie stare fuori non è proprio consigliabile per vari motivi.

Ovviamente ha le sue regole, niente vecchi e bambini.

Beninteso, non per regole morali, quelle cose là fuori non sono più vive dei cingoli del suo mezzo.

È una questione di buon senso, sprecare ingegno e muscoli per guadagno magro... non è nel suo stile.

Conosce altri che non si fanno di questi problemi, sono affari loro, lui punta sulla qualità non sulla quantità e infatti gli viene riconosciuto un compenso maggiore.

Il panorama scorre bianco con sprazzi di luce che si riflettono sul ghiaccio circostante. Attorno e sopra lui il silenzio dell'inverno interrotto solo dal rombo soffocato del motore e il suo respiro che si condensa ad ogni fiato tirato.

Non ha freddo, la sua attrezzatura è studiata appositamente per ogni clima dell'anno, solo la vista ogni tanto va rimessa a fuoco, colpa delle lenti ionizzate che perdono focus quando si anneriscono.

Un problema minimo che non gli ha mai dato intralcio, anche se occorre essere sempre molto cauti, tipo angoli morti, non si sa mai cosa si nasconde nelle ore oscure del giorno.

Ruderi di case cadono silenti, alberi secchi pronti a rivivere, resti di vetture e moto gettati per terra, di traverso, cappottati, ambulanze, macchine della polizia, qualche mezzo militare.

Defunti come ogni cosa lì.

Saccheggiati da tempo da disperati che poi ne hanno fatto l'uso più consono.

Per lo più si sono eliminati tra di loro.

«*Quando i morti camminano, signori, bisogna smettere di uccidere... o si perde la guerra*».

Saggio il Prete, peccato che alla fine, anche lui sia passato dall'altro lato della barricata. Ci aveva fatto un guadagno niente male, merito del suo peso.

Il contrappasso della ghiottoneria, in un certo senso.

Si ferma e osserva. A circa duecento metri ci sono le prime sagome di chi cerca, ferme, immote. Non perché sia giorno, non solo almeno, ma perché sono congelate.

Chissà se hanno sentore di quello che sono, se capiscono e soffrono della loro condizione, cosa che si augura, con il gelo che morde le carni.

Non è quello che cerca, come già spiegato.

Merce avariata, la lascia agli altri. Posa il binocolo con cui ha visto questo posto di caccia e decide di dirigersi ad Est oggi, verso la Città Fabbrica di Maiali. Grazie al loro sterco producono metano che dà energia elettrica ai macchinari, i quali raffinano la benzina che viene estratta molto più lontano. Inoltre, quando serve, sono usati anche come cibo, ma non tanto, meglio che creino il fabbisogno energetico. Il cibo si rimedia, ovviamente.

Chi abita sulle cime delle città si è riorganizzato il modo di vivere. Esistono luoghi che potremmo definire "ristoranti" o "bar" in cui mangiare bene, se ti sai accontentare. L'alcool viene distillato da professionisti – ma anche no – da tuberi vari con molto zucchero.

Ogni risorsa però è limitata, i soldi sono un ricordo, si vive di baratto.

Questa è la sua fortuna; prima della Sindrome non è che se la passasse male, ma adesso, oh lode a dio, vive da nababbo, fino a quando ce la farà.

Poi? Ci penserà quando e se ci arriverà. Tutto questo gli passa per la testa mentre spinge la moto slitta verso la sua destinazione.

Un luogo pericoloso, non per tutti i procacciatori. Lo ha scoperto lui seguendo l'intuizione che le creature seguono sempre il forte odore, quelle non vedenti almeno.

Quale luogo più carico di esalazioni che una Fabbrica? Lo sterco li fa sballare, chissà come mai. Oramai i guardiani del posto lo conoscono bene e lo lasciano fare, leva loro del lavoro e si divertono anche. Spesso li ha visti con quella specie di Vodka rimediata a ridere e scommettere mentre lui veniva accerchiato da quattro di quelle creature.

Ad un certo momento ha deciso di guadagnarci anche lui e si è messo a fare puntate sul combattimento lui stesso.

Ha sempre vinto.

Quando il gioco diventa sfavorevole i pavidi si tirano indietro.

Infatti, adesso si limitano a fare il tifo, ridere, ruttare, offendere e sputare il tabacco da masticare sui cadaveri che non raccoglie.

«Questi li bruciate voi».

«Che spreco» dice sempre il vecchio Mauro, un omone grosso, grasso, pelato con una rete di tatuaggi che partono dalla testa e arrivano fino ai piedi.

«Merce Avariata» dice lui.

Non parla molto, non gli va, non gli è mai andato, in realtà.

Si lascia a queste chiacchere solo per sciogliere l'ansia e l'adrenalina del combattimento.

E Fabbrica sia, decide. Parte in carica, spinge i giri al massimo e mentre corre verso la zona sfodera la pala. Passando a tutta velocità si diverte a spiccare teste, braccia e soprattutto gambe dei tremolanti intirizziti dal freddo. Vorrebbe essere in quei posti a primavera, con il disgelo, per sbellicarsi dal ridere, ma non lo farà. La benzina è preziosa.

Arriva in meno di dieci minuti. La giornata è stupendamente luminosa e glaciale, come piace a lui. Prende il termos, suo fedele compagno, e dà una sorsata di una bevanda al gusto di caffè. Non è buona ma scalda dentro, questo basta. Si ferma sull'altura, in osservazione. A meno di cinquanta metri vede le porte di Epitome, le guardie del turno del mattino annoiate e una decina di tremolanti. Stanno diminuendo, questo non va bene. Se fosse così dovrebbe trovare un'altra zona di caccia, ci vorrà del tempo e pazienza, non ne ha di nessuno dei due. Sempre attraverso le lenti del suo binocolo da guerra cerca quello che gli serve. Ce n'è sempre uno, lo sa, arrivano più lentamente, ma giungono. Niente, per adesso. Scruta ancora e poi lo vede. Parete ovest della città. Sgancia la pala, di nuovo, sporca di neve e sangue. Calcola la distanza. Un centocinquanta metri, a piedi ci metterà cinque minuti muovendosi lentamente. Spegne il motore, gira la chiave, la stacca e la mette in tasca. Pala sulla schiena, lentamente scende dalla collinetta lasciandosi il mezzo che va raffreddandosi alle spalle.

In tre minuti è lì. Il tremolante è grasso, calcola oltre i centoventi kg, ancora in buono stato. Potrebbe avere massimo cinquanta anni, almeno lo spera per la qualità del prodotto. Si avvicina lentamente, silenzioso e letale. Non gli presta attenzione, annusa l'aria affamato.

Mangiano questi cosi? Non lo crede e non gli interessa. Conta i passi.

Uno, due, tre, quattro, al quinto alza la pala con determinazione. Uno scoppio di rumore a lui noto fa voltare la creatura ma è troppo tardi, la pala cala aprendogli in due il cranio. Il gigante cade a terra con un tonfo, senza emettere un suono. Meglio così. Ancora tremante lentamente muore. Non importa neppure questo. Con abile manovra gli taglia mani e piedi, pezzi non necessari, poi spicca la testa dal collo con abilità acquisita. Fendenti netti, di precisione. Il sangue inizia a uscire copioso, sa che richiamerà gli altri, cosa che infatti accade. Deve essere rapido. Si volta lasciando il cadavere lì e inizia a risalire la china. Sente il ruggito a lui noto. Si volta e ne vede due che stanno correndo verso quello che resta del corpo. Non può permettere tale spreco. Si volta e torna velocemente nei pressi del grasso cadavere che va raffreddandosi. La prassi vorrebbe che lo eviscerasse lì, ma ora non ha tempo. Ci penserà a casa, come spesso accade d'inverno.

Li vede arrivare, uno a destra e l'altro a sinistra. Una donna e un uomo, parrebbe. Si fermano e annusano l'aria.

«Venite pure» sussurra, battendo la pala per terra. Il rumore di ferro contro il selciato li sveglia. Lo hanno percepito, iniziano a correre incontro a lui grugnendo di piacere.

Il Procacciatore alza la pala dietro di lui, posizione d'attacco. Studia la scena. Prima l'uomo con il berretto e la maglia lunga da Trapper. Si vede agire.

Basso, di netto trancia le gambe, il corpo vola lungo, nel frattempo si rialza e apre a metà la donna. Il busto si divide, l'intestino li tiene uniti ancora un po', fino a quando con abile mossa li separa, busto da una parte, piedi dall'altra. Si rivolge poi a quello che sta strisciando verso di lui. Fa due passi pronto a calare la pala sul collo della creatura quando viene preceduto da una lucente lama di una Katana.

Il tutto dura quattro minuti, come aveva calcolato. A dire il vero il tempo era di un minuto più alto ma l'intervento del disturbatore aveva velocizzato i tempi.

«Scusami. Non sapevo fossi in caccia. Avrei spento l'Harley».

«Ciao Layne. Ben trovato. Non ti preoccupare. Non potevi saperlo. Ti sarebbe poi interessato?».

«Ammetto di no, Cross. Volevo vedere il migliore in azione».

«Hai avuto il tuo bello spettacolo?».

«In effetti sì».

«Allora direi: Pace Adesso».

«Non abbiamo mica discusso, ma sì, pace adesso. Ti aiuto con?».

Senza dire una parola ripone la pala e fa cenno a Layne di prenderlo per la gamba destra mentre lui afferra la sinistra. Quasi si fossero dati un segnale, ripongono le loro armi nella guaina, sulla schiena Cross, lateralmente Layne e iniziano a trasportare il cadavere fino alla motoslitta.

Mezz'ora dopo il corpo è perfettamente imbracato, ripulito di vestiti. I pochi beni che aveva se li spartiscono, così come quelli degli altri due lasciati nei pressi.

«Ce l'avrei fatta anche da solo ma così ho fatto molto prima».

Il fiato crea nuvole di fumo che volano alte nel cielo. Il buio inizia ad avvicinarsi, il pomeriggio è alle porte, il sole sta per chiudere i battenti.

«Esattamente. Direi che per oggi è tutto. Vado a prendere la benzina per il mezzo. Tu la hai?».

Il Procacciatore annuisce.

«Bene. Allora ci vediamo a Junk City molto presto».

Cross non risponde. Sa bene che non esiste una finestra temporale in cui si incontreranno, ma succederà.

Il miglior Batti-Terra e il miglior Procacciatore sono destinati a incontrarsi spesso.

Sa che si piacciono e rispettano e che non lo ammetteranno mai l'uno con l'altro.

Una forma di amore elevata anche questa, si trova a pensare Cross che sorride dietro la maschera non visto.

«Ci vediamo in giro» dice, invece. Accende il motore e si allontana. Arrivato a qualche km di distanza sente il rumore dell'Harley che si allontana.

«A presto, Samurai» dice al nulla in ascolto.

Un corvo solitario risponde al saluto con un singolo "Cra".

Morsi d'amore

«Sei in ritardo» dice la Dottoressa Amaranta Halford schiavardando la porta di ferro nei sotterranei protetti della città.

Il Procacciatore entra lentamente facendo cadere la neve dal suo equipaggiamento. Trascina deciso il suo carico nel laboratorio.

«Buona sera a Lei».

Lei sbuffa spazientita.

«Spero che la merce sia meglio di quella dell'ultima volta». Il Procacciatore scuote la testa.

«Cosa c'era che non andava nella consegna precedente?».

«Star non mi prenda in giro. Mi ha portato un anziano e due uccisi in malo modo».

«Non è mai stato un problema prima. Per i due in condizioni non eccellenti, o io o loro. Poi mi ha detto che accettava tutto, basta che ci fossero tessuti da investigare e ne ha avuti abbastanza direi».

«Non polemizziamo, per carità» dice lei alzando le mani al cielo.

Star osserva la donna di settanta anni. Capelli bianchi ricci, rughe di espressione, occhi marroni su naso che sta diventando adunco. La magrezza e il pallore la rendono una specie di Meryl Streep in formato scheletro.

Persino gli occhiali sembrano gli stessi.

«Cosa ha per me?».

Lui sorride dietro la maschera nera con una stella fatta di ossa sulla faccia.

«Questa volta le piacerà. Tre».

«Numero interessante. Specifiche?».
«Due morti e uno vivo».
«Speravo il contrario.»
«Quello vivo è un vedente».
La donna ha un sussulto.
«Ma? Mi sta mentendo forse perché vuole di più?».
«Sarebbe da chiedere un aumento, in effetti sì, ma qui si fa tutto per la scienza e quindi il prezzo resta lo stesso, anche se è stata...impegnativa la caccia».
La dottoressa si sfrega le mani come una mantide.
Gli volge le spalle, corre ad una gabbia, la apre, e fa cenno al tizio di sbrigarsi a metterlo dentro.
«È Sedato?».
«Meglio...».
Si china, scioglie i legacci del telo e glielo mostra.
«Bianco, sulla quarantina, congelato ma vivo».
«Congelato?».
«Sì».
«Mi interessano i dettagli. Prima però, rapidamente, mettiamolo al sicuro, dammi una mano».
Lo sollevano assieme. Lento si sente un battito, la creatura lentamente sta uscendo dalla criogenia.
Lo trascinano tra le sbarre, poi lei provvede a legarlo con delle catene robuste, almeno spera, gambe e piedi. Chiude la porta spessa di ferro e accende la corrente che serve ad evitare che provi ad aprire quelle spesse sbarre. Non ci è mai riuscito nessuno ma sottovalutare la loro forza è un errore che alcuni suoi colleghi hanno pagato caro.
«Per il ritardo le chiedo scusa, ma arrivare a Junk City con la neve è più complesso del previsto».
Lei sembra non averlo ascoltato. Osserva la creatura sdraiata sulla panca. Un vedente è una cosa rara morto, vivo è...Poesia.
«Come ci è riuscito?» chiede lei eludendo la domanda.
«Glielo dirò ma prima vorrei liberare il cargo».
Lei annuisce.

«Certamente, disponiamo i due corpi sul tavolo autoptico».

Sotto la luce azzurrina del luogo i due esseri non più umani hanno un colorito giallognolo.

Il primo, uomo di circa venti anni ha il torace sfondato. Lei gli ha detto che organi interni, cervello e cuore devono essere intatti e così è stato.

Il secondo è di una donna grassoccia di quarantaquattro anni. I capelli sembrano ricresciuti a caso e male. Forse era una malata oncologica? Ha dei segni ai lati della bocca e dei buchi al centro delle mani. Per il resto è intatta.

«Non sono stato io a ridurla così. Cioè ho dovuto trapassarla come vede qui, ma il resto l'aveva già. Chissà...».

«Non importa, va benissimo così».

Si ferma in attesa. Il silenzio mortuario del luogo colma le distanze. Il ronzare delle lampade e del generatore collegato alla gabbia è l'unico suono per qualche motivo.

Star prende una sedia cromata, si siede e attende la donna che fa cenno di parlare.

«Molto semplicemente, nei territori a Nord Est è tutto ghiacciato. Siamo a temperature pari allo zero. Mentre cercavo quello che i miei clienti mi hanno ordinato ho sentito il famigerato suono che tutti conoscono, quel grugnito che ricorda un ubriaco che vomita. Mi sono girato e l'ho visto, arrancava scivolando sulla neve. Come vede era già mezzo nudo. Sono rimasto immobile, esemplare perfetto per la dottoressa Halford, mi sono detto. Ho preparato la fiocina e ho atteso che fosse a tiro. Quando si è trovato a circa dieci passi da me ho sparato.

Immagini la mia sorpresa quando il bastardo si è spostato!

Ci vede? Ho recuperato l'arpione, mi sono mosso dopo aver ricaricato e ho riprovato. Di nuovo è riuscito a levarsi dalla traiettoria, non agilmente, ma l'ha fatto.

Ha confermato la mia idea. Così ho solo preso il mio mezzo e mi sono fatto inseguire molto lentamente. La notte è arrivata presto, ho rischiato vero di imbattermi in altri, ma pare che patiscano troppo il gelo, questo poi me lo dirà lei. Per farla breve alla fine è caduto in ginocchio e io ho atteso. Sono stato fuori per tre ore. Alle quattro il freddo era tale che lo stavo percependo anche io. Mi sono detto che morire per la Causa non mi si addice. Mi sono avvicinato silenziosamente. Se si fosse mosso lo avrei ucciso, ma così non è stato. Il resto è storia, come si dice».

Per nulla impressionata dall'uomo la Amaranta si volta verso il compenso.

«Tre stecche di Silk Cut, due di cioccolata fondete, ancora tre di farina e cinque di zucchero?».

«Sì».

Prepara tutto e ci mette anche una scatola di sigari cubani.

«Questo è oro. Dove li ha presi?» chiede sistemando il compenso pattuito.

Non risponde.

«Dottoressa, direi che siamo a posto ma vorrei porle una domanda prima di andare».

«Mi dica pure, risponderò se lo riterrò opportuno».

Ovviamente, pensa l'uomo.

«Ho servito molti scienziati in questi anni e tutti mi sono sembrati solo meri ricercatori. Votati alla salvezza del genere umano ma vuoti, senza una speranza. Lei invece oltre alla determinazione mostra quasi una ossessione per i tremolanti. Posso capire che se riuscisse nell'impresa di isolare la causa e trovare il rimedio sarebbe ricordata per sempre ma secondo me c'è qualcosa d'altro sotto».

La donna lo osserva.

«Abbiamo concluso» dice allungando la mano verso di lui.

Non la stringe.

«Sa perché glielo chiedo? Perché non ci vedremo più, credo, a meno che uno di noi due non muti. In quel caso il nostro incontro sarà diverso».

Lei ritira la mano osservandolo.

«Perché dice questo?».

«Cambio zona. Cinque anni mi sono bastati. Ho ricevuto un'offerta interessante e sì, anche più remunerativa in altri luoghi. Ovviamente ho accettato subito».

Annuisce.

«Bene. Mi sembra, allora, giusto chiudere il nostro rapporto in modo pulito. Vorrei chiedere di esserle discreto su quello che dirò ma so che le informazioni per voi sono potere. Ne faccia quello che vuole, non so se crederanno a Lei o a me».

«Per quanto possa valere ha la mia parola».

«La parola di un mercenario. Me la farò bastare».

Si siede, accavalla le gambe, cerca qualcosa nel camice bianco.

Scarta le sigarette, prende l'accendino, ne fa cadere una nel palmo della mano, la mette in bocca e prima di parlare l'accende.

«Sa perché la chiamiamo Sindrome di Erzdämon?».

Fa cenno di no con la testa.

«Quando il paziente zero la prese il dottore che lo curò pensò che fosse una rara sindrome genetica. Qualcosa che accadeva ad una persona su cento milioni. Fece i suoi studi e trasse le sue conclusioni. Sbagliando. Purtroppo, colui che ha iniziato tutto questo si gettò di sotto. Non sapemmo mai con chi o cosa fosse stato in contatto prima di prenderla. Non demmo peso alla cosa fino a quando nel giro di poco tempo altre persone manifestarono i sintomi.

Non poteva essere Genetica. Lo capì mio marito prima di tutti gli altri. Non so se ha mai sentito parlare del dottor Petrolio».

Annuisce sbalordito. Quell'uomo era una leggenda, fino alla fine aveva partecipato a talk shows per spiegare la situazione, cercato di calmare gli animi e lavorare alacremente per trovare una cura in modo rapido. Sapeva che era stato la mente dietro i vaccini per il Covid 20, non pensava fosse sposato e soprattutto con la donna davanti ai suoi occhi.

«Bene. Resosi conto che non dipendeva da geni impazziti iniziò le ricerche su pazienti, volontari o meno. In sei anni e mezzo abbiamo scoperto parecchie cose, ma la principale, ovvero come avviene la propagazione, mai. Grazie al mio ex marito sappiamo che sono più forti del normale, che la luce del sole li blocca e instupidisce, non riescono a scendere e salire le scale; il cervello funziona ancora, resta l'istinto e qualche pulsione. Provano dolore come noi, non hanno fame ed è palese. Perché però non muoiano di inedia o attacchino i viventi per sventrarli, questo, ancora oggi dopo più di quindici anni non lo sappiamo. Però sono certa che una volta trovata la causa troveremo la soluzione, ovviamente. I casi non sono mai finiti, di improvviso uno di noi potrebbe mutare. Perché? Non è dato saperlo. Parlare, dunque, di sindrome è ancora giusto? Sì, come per la "Sindrome Influenzale". Lo so, non ho risposto alla tua domanda. Ci arrivo a breve. Ti prometto che finita la sigaretta saprai ogni co...».

Un grugnito di rabbia li fa sussultare. La creatura è sveglia e li osserva impotente da dentro la sua prigione. Lei si alza un momento, preme un tasto e un telo nero inizia a scendere per coprire la gabbia.

«Sarò da te a breve» dice al tremolante.

Torna a sedersi.

«Sarò rapida, dando una di tre ultime boccate alla sigaretta: una sera, una delle ultime, mio marito ebbe un'intuizione. Stavamo vedendo una VHS sul televisore, oramai non c'era più nulla che trasmettesse, dati e fonia defunti, elettricità agli sgoccioli, fino a quando non è stata scoperta Epitome, come saprai. Non voglio divagare. C'era questo film di morti che camminano e la propagazione avveniva tramite morso. Ridemmo della stupidaggine ma la nostra situazione attuale non era migliore.

«Quante scempiaggini» disse lui.

Però lo vedevo pensieroso. Qualcosa stava scavando il suo animo. Accantonai il fatto nel cervello e andammo avanti. La notte che mutò mi svegliò di soprassalto.

«Sta per succedere» mi disse.

Io lo sapevo, ma non ero pronta. Pregai che si sbagliasse ma eravamo tutti e due scienziati, sapevamo di che cosa parlassimo.

«Devi farmi un favore prima di spiccarmi la testa dal collo e bruciare il mio corpo. So che ti sto chiedendo tanto ma se avessi ragione potremmo salvare l'umanità" ». Non capivo. Lui mi osservò mentre il tremolio delle mani aumentava. «Devo morderti. Un morso d'amore...».

Rimasi sconcertata ma poi compresi. Se fosse stato infetto mi avrebbe trasmesso il virus. Sarei morta anche io ma avrei divulgato la notizia. In un certo senso saremmo forse riusciti ad arginare la pandemia e trovare la cura. Annuii e gli allungai il braccio. Lui, piangendo, piantò i denti in profondità, proprio qui». Dice scoprendosi la manica e mostrando il segno perfetto di denti, cicatrice eterna, sulle vene vicino al polso." Tira l'ultima boccata e getta la sigaretta in un bicchiere di plastica colmo di formaldeide.

«Il resto lo hanno reso noto tutti i giornali» conclude con la voce un po' tremante.

Si alza e l'uomo fa lo stesso.

«Se però lei è ancora qui vuol dire...».

«Che non era come quello stupido film. Oppure sono immune. Anche questo è da considerare. Se fosse questa seconda ipotesi sarebbe una disgrazia perché io non lo saprei mai e non potremmo sintetizzare da me una cura. Propendo per la prima ipotesi, come so per certo che da qualche parte, lì fuori, qualcuno che non muterà mai esiste. Chissà se lo troveremo prima noi o loro».

Star recupera la sua roba, la osserva, fa un mezzo inchino e se ne va dicendo:

«Addio Dottoressa, sono sicuro che lei riuscirà nella mirabile impresa».

Amaranta Halford non risponde, rimane lì osservando quello che avrebbe definito la cosa più vicina ad un amico che avesse avuto in quegli anni andare via senza nemmeno voltarsi. Non potrà neppure ricordare il suo volto, non l'ha mai visto. Tipico dei Procacciatori.

Mentre le grida di rabbia del tremolante dietro di lei si placano, una zanzara plana sul suo collo pungendola alla base del cranio. La schiaccia distrattamente pulendo poi il sangue sul candore del camice, prima di rimettersi al lavoro.

Nella sua testa la frase che ripeteva sempre suo marito in quei giovanili febbrili anni di ricerca.

«Sono venuto a portare fuoco sulla terra, e quanto vorrei che fosse già acceso!».

Rettile

«Mi sentite? Spero di sì, non so quanti e quali ponti radio esistano ancora, ma noi ci proviamo lo stesso!».

Questa è The Last Broadcast da Dead City Radio. Ora che tutto sta per finire posso finalmente raccontarvi la mia storia. Per arrivare qui ne abbiamo passate tanti e trapassati di più. È stata durissima.

No, scherzo, ci siamo divertiti, alla fine era da tempo che non affrontavamo una sfida simile.

Ci è venuta in mente l'altra sera.

«Andiamo fino a Dead City».

«A fare che?» ho aggiunto io.

«A rimettere su la Radio, per raccontare la nostra storia e anche un po' di bella musica».

«Ma va là, saranno tre anni che non trasmette».

«Esatto».

Allora lui ha detto che però sarebbe stata una pazzia.

«O una bella sfida, ho aggiunto, dilla tutta!».

«Se vuoi passare per l'eroe coraggioso del duo fai pure ma tutti sanno che non è così».

«Allora racconta pure che poi mettiamo sul piatto un pezzo storico. Intanto, in sottofondo Infinite Space degli Emerson Lake and Palmer signori e signore vivi in ascolto. Lascio la parola a Reptile».

«Buona sera a tutti! Mi chiamo Rebecca Tillerhund, mio padre era un bancario tedesco mia madre una cacciatrice alto atesina, anche se, ufficialmente, era una distillatrice di sidro. Si incontrarono in un Hotel durante una riunione importante della Deutch Bank e nacque l'amore. Così intenso che nove mesi dopo feci capolino io. Ora so che non vi importa nulla ma dovete capire che se poi ho scelto la carriera di cui vi parlerò a breve è soprattutto merito di mia madre che durante la giovinezza mi ha insegnato a sparare, cavalcare, tirare con arco e perdonare chi se lo merita. A mio padre devo, invece la capacità di fare a botte, di guidare la moto e di essere testarda. A tutti e due sono grata per l'amore. Mi è spiaciuto terribilmente porre fine alle loro sofferenze quando è stato ma me lo hanno davvero chiesto loro, non c'è motivo di pensare che li odiassi per come sono venuta su. O forse sì? Giudicherete voi. COMUNQUE, prima che Mr. Sapientino inizi a lanciarmi le solite occhiate annoiate, una notte di venti anni fa esatti un'avvenente trentenne, con tutte le cose al posto giusto, occhi verdi e capelli corvini si stava recando alla festa che avrebbe cambiato la sua vita per sempre. L'invito non era ufficiale, in verità era lavoro. Alle venti di una settimana prima mi era arrivato il contratto. Giungeva sempre tramite annuncio in bacheca sul Forum del sito di "Cacciatori di Italia". Era sotto gli occhi di tutti ma non lo sapeva nessuno. Non vi tedierò con i vari dettagli, sappiate che c'era sempre un riferimento a delle coordinate ove andare a caccia e poi l'avvertimento: attenzione, zona e nome di serpente. Quello era il contatto da eliminare. Se avessi accettato avrei dovuto solo confermare il luogo e l'ora e porre la mia firma, Rettile. Curioso eh? Un rettile a caccia di serpenti. L'ironia l'avevo voluta io. Quindi, come potete immaginare, amici e amiche, me la passavo bene, anche se, chissà, forse i miei non avrebbero approvato. Pensavano fossi così ricca perché producevo Youtuber. La verità è che li ho sempre odiati e sognavo che il prossimo da eradicare dal pianeta terra fosse uno di loro. Non è mai successo ma Erzdämon ha realizzato il mio sogno. Questa, però, è un'altra storia.

Dove eravamo rimasti? Sì, la festa era il compleanno di un pezzo grosso della Virgin al prestigioso Hotel Astoria di Canazei.

Amici di quei posti, se ci siete ululate alla luna così vi sento! Ero già in zona, arrivata la sera prima con treno veloce. Sarebbe stato bello usare la Ducati Monster SP ma il viaggio sarebbe stato troppo lungo e io dovevo essere fresca come una rosa quale sono. Quello che mi serviva, comunicato sempre tramite internet e in codice, era già pronto nella mia lussuosa camera. Giunsi lì come una ricca ereditiera, le solite banalità a cui la gente credeva, anzi a cui piaceva credere, presi possesso della mia suite e iniziai a prepararmi per la serata.

Il Crotalo, nome in codice di colui che entro poche ore sarebbe stato fra i più, era un uomo belloccio, più o meno della mia stessa età. Il pupillo ricco e futuro magnate di una grande Azienda, la Timewave Zero che stava progettando un computer quantico. La cosa non mi interessava ma mi incuriosiva. Doveva essere un gran cervello ed eliminarlo mi spiaceva un po'. Ma per dieci milioni di euro questi scrupoli passano subito.

Quello che però non sapevo era che la mia missione non sarebbe stata così facile come credevo. Basilarmente arrivavo, individuavo il soggetto, capivo come si muoveva, lo seducevo e gli davo appuntamento in un luogo con visuale libera. Mentre lui attendeva l'arrivo di quella procace e bellissima donna io tornavo in albergo, preparavo il mio fucile da cecchino e in meno di trenta secondi era tutto finito. In genere lo trovavano a fine festa quando io ero lontana con il malloppo. Dopo essermi dedicata a me stessa, quindi SPA, pranzo, relax e rapida scorsa ai messaggi criptati, mi feci una bellissima e calda doccia. Stavo per uscire dalla mia stanza pronta ad entrare in azione quando un sms fece vibrare il mio IPhone di allora.

"Danza della Morte". Cazzo. Il cliente voleva che fosse ucciso in modo ravvicinato, lama quindi. Doveva avercela a morte con lui per scegliere l'opzione più costosa, altri dieci milioni di euro. Mi avrebbe mandato un altro messaggio prima della fine della serata. Era quello che avrei dovuto dire al soggetto in questione perché capisse perché moriva per mano mia. Questo però cambiava alcune cose, tra cui le vie di fuga. Mi sedetti al mio fedele

Computer con Kali Linux sopra e studiai la cartografia del luogo. Il piano cambiava. Dalla sala banchetti alla cucina del piano di sotto, fuga da porta finestra e piscina. Avevo circa mezz'ora prima di venire scoperta. Se le cose fossero andate male, cosa impossibile, sarei dovuta scappare per i boschi di notte. Opzione non praticabile. Mi stiracchiai, presi lo stiletto, chiusi la valigia, tutti i bagagli sarebbero poi stari recuperati da chi di dovere facendoli sparire assieme alla mia identità. Mi stirai, mi preparai e dopo mezz'ora mi osservai allo specchio. Bellissima, una Dea tra i mortali. Uscii felice dalla stanza, queste sfide mi eccitavano, oltre ad arricchirmi. Sentii una porta chiudersi subito dietro di me. Con la coda dell'occhio osservai nello specchio e mi sopresi a fissare gli occhi di colui che avrei dovuto eliminare tra poco. Mi sembrò farmi l'occhiolino, poi mi superò e mentre io prendevo l'ascensore lui preferì le scale.

Mi aveva scoperto? Impossibile, però come mai aveva la camera accanto alla mia? Vi sale la Suspence, amici e amiche in ascolto? Bene. La festa a cui giunsi poco dopo con credenziali verificate era suntuosa, magniloquente e noiosa. Mentre sorbivo ostriche, caviale e ottimo MUM cercai colui per cui venivo pagata.

Fu lui a trovare me. «Madame, so di essere scontato ma tra tante donne banali è impossibile non notarla». Finsi di arrossire e facemmo le nostre presentazioni. Bell'uomo dal vivo, più che in foto. Se solo avessi saputo... ma passiamo oltre. La sua stretta di mano era d'acciaio, mi piaceva. Parlammo del più e del meno, degli affari, del mondo, della criptovaluta. «La uso spesso, mi ci trovo bene» disse lui. Anche io, un modo di pagamento per servigi che non si vogliono fare rintracciare. Ogni mio soldo era lì. Ogni tot mesi andavo in Portogallo a ritirare il contante. Perché ve lo dico? Per amor della narrazione. La serata procedeva tra tante inutili chiacchere e alcol, persi di vista il mio nuovo amico per qualche tempo. Dopo qualche ora, lo vidi che si staccava dal braccio di una bionda cerbiatta rifatta con una scusa e si dirigeva verso i bagni. Era la mia occasione di portalo nel luogo predestinato e chiudere il contratto. Due minuti a mezzanotte.

Scesi le scale delicatamente e mi recai in bagno. Per la prima volta in vita mia dovevo davvero urinare. C'era una strana tensione fra me e lui, non era la solita preda, sembrava giocare con me, provocandomi. Mi sono resa conto poi, con gli anni, che mi ero innamorata di lui dopo appena dieci minuti di conoscenza. Uscendo dal bagno ci ho sbattuto proprio contro. Sì, amici miei, mi stava aspettando. «Avevo avuto l'impressione fossi tu, mi disse, ma non ero sicuro. Ho atteso. E ho fatto bene. Champagne?» disse porgendomi la flûte. Accettai quasi con gioia ma poi si giocò secondo le mie regole.

«Andiamo a fare un giro? Chissà cosa c'è qui sotto!».

«Meglio il giardino disse lui».

«Fammi felice, dai...».

«E sia, Madame, faccia strada».

«Ma guarda, una seconda grande cucina, dissi entrando nella penombra di stanze illuminate dalle luci di emergenza. Curioso. Perché non le usano?».

«Serviranno per eventi più piccoli. A ben vederla è molto esigua».

Mi si fece presso, stetti al gioco. La mano era pronta a scattare verso lo stiletto ma non avevo ricevuto il messaggio. Qualcosa non andava. Quando fummo a punta di labbra sentii il beep del mio cellulare a cui rispose una strana eco. Ci staccammo e quasi all'unisono triammo fuori i nostri telefoni. Una scritta, la stessa, su tutti e due: Sorpresa, siete morti. Estrassi di corsa l'arma e così fece lui, un coltello militare molto tagliente. Ci guardammo, ci fronteggiammo e capimmo: Ci avevano pagato per eliminarci a vicenda. Qualcuno sapeva di noi e ci voleva fuori dai giochi. Restammo lì in contemplazione pronti a scattare. Come tutte le donne feci io la prima mossa. Schivò il fendente alla gola, levandosi la giacca, per utilizzarla come difesa, io presi la cinghia della borsa e la tagliai di netto. Toccò a lui arrivare in carica, mi tirò la blusa sul viso, schivai e riuscii a imprigionare la sua mano con il legaccio improvvisato. Eccola la vera danza della morte. Ci girammo attorno per un po'. Attaccammo all'unisono. Quel figlio di puttana mi ferì al seno, alla gamba destra e all'avambraccio ma io gli ho lasciato un bel ricordo in faccia e sulla spalla sinistra. La mia lama era più sottile, affilata e io più veloce. Lo dico? Penso che ci saremmo uccisi, nessuno di noi era disposto a cedere di un passo. Ballavamo avvinghiati come serpenti scivolando sul nostro sangue.

DIO come lo amavo e come mi sentivo viva, mi sarebbe spiaciuto farla finita.»

«Posso parlare io adesso?»

«Vuoi concludere? Fai pure».

«Amici miei, sono Soler de Marcos, noto nell'Ambiente come Soen. Tutto vero, ero stato pagato per ucciderla, mi avevano dato l'identità che dissero a lei e a me la sua, stesse modalità. Qualcuno ci riteneva un pericolo e a tutt'oggi non sappiamo il perché. Tornando al duello, non sono sicuro di chi abbia iniziato, né che il suo coltellino svizzero fosse meglio del mio, ma so come andò a finire. Esattamente quindici minuti dopo mentre le nostre forze venivano meno le porte della cucina vennero sfondate da una massa tremolante di persone che si lanciarono su di noi».

«Ci guardammo e capimmo subito cosa fare. Volteggiammo con bravura ed estasi, quasi ci fossimo allenati assieme da una vita, e li facemmo fuori quasi tutti. L'ultimo saltò per motivi a noi ignoti giù dalla finestra scomparendo nella notte. Feriti, ansimanti e stanchi ci sedemmo per terra. Io gettai lontano il coltello che oramai aveva perso il filo, lei tenne stretto il suo. Ovviamente non si fidava ma devo dirvi la verità? Sotto quelle fioche luci, sporca di sangue, interiora e pezzi di essere umani vari, seduta tra liquami e sangue capii che l'amavo e l'avrei sempre amata.

Che romantico. Amici e amiche è andata così. Alla fine, ci alzammo e lentamente fuggimmo nei boschi mentre tutto l'hotel veniva divelto dai tremolanti. Ovviamente non ci furono estrazioni, riuscimmo a tornare alle nostre stanze, a disinfettarci, prendere le nostre armi e fuggire via rubando cosa?».

«Una Jaguar. Classico no?».

«Giusto. Che altro? Dopo qualche anno, ci siamo sposati, non abbiamo messo ovviamente al mondo figli, siamo sopravvissuti e ancora oggi ci chiediamo chi ci abbia incastrato e, soprattutto, come facesse a sapere che in quel posto, a quell'ora, di quel giorno, ci sarebbe stato il più virulento e fatale focolaio di infezione da cui sperava non saremmo usciti vivi».

«Che pericolo rappresentavamo per lui\lei?».

«Abbiamo dei sospetti ma oramai... Per concludere questa bella serata, come detto prima, siamo qui anche per farvi ascoltare della musica per celebrare la notizia che arriverà a tutti voi spero rapidamente. Vogliamo essere i primi a dirvela! Così mentre Soen metterà sul piatto "We're an American Band" dei Grand Funk Railroad, io per adesso, sulle note della canzone a me dedicata da Trent Reznor, ovvero Reptile, e se non ci credete sono affari vostri, sono pronta a darvi la buona novella».

«Aspetta amore mio, un po' di suspence prima no?».

«Ma no, abbiamo atteso tutti troppo tempo, metti il mio pezzo, dai».

«Eseguo».

«OHH, sentite che sound? Bene. Allora è con mia grande gioia e forse anche commozione che posso annunciarvi con estrema sicurezza che dopo venticinque lunghi anni...».

Il ponte radio salta ma loro non lo sanno.

Cala il buio, la corrente non ha retto.

Non se ne preoccupano.

Mentre la musica lentamente muore fumano erba e danzano abbracciati al ritmo di una canzone che adesso sentono solo loro la cui sezione ritmica è costituita dal battito dei loro cuori che batte all'unisono.

Ci hanno sempre creduto che sarebbero passati indenni attraverso l'inferno.

Così è stato ma ci è mancato davvero poco affinché il nulla prendesse il loro risplendere!

Mentre lentamente il buio cade per restare poco e fare spazio dopo qualche ora alle luci di un freddo mattino di novembre loro si gettano su delle sgangherate, vecchie, logore poltrone di pelle nera, si tirano addosso una coperta che giace lì da non si sa quanti anni; mentre il sole illumina ogni cosa portando la speranza, si addormentano felici e sorridenti come non succedeva loro da quella strana notte di venti anni prima.

Memoria

Sono F.C. Scrivo questo Diario su consiglio del mio psicologo. Mi ha detto di farlo ogni qualvolta qualcosa turbasse la mia esistenza e mi facesse sentire diverso, inadeguato. Dovrebbe giovarmi, credo. Inoltre, sento che la memoria mi fallisce e non vorrei tralasciare dettagli importanti.

Ho avuto per anni al mio fianco una donna stupenda.

Il suo nome non dico perché anche adesso rispetto troppo la sua memoria.

Ne sono quasi geloso, lo ammetto, ma abbiamo condiviso talmente tanto che anche solo scrivere di lei mi far star male.

L'appunto per ricordare. Tutto qui.

Se ne è andata due giorni fa, sbattendo la porta. Vivere con me è diventato rischioso.

Verissimo.

Si è salvata la vita una volta, perché azzardare a restare?

Nel giro di poche ore tutto ha iniziato a mutare per me.

Eravamo a cena da amici, in questa torrida estate che non vuole morire, fuori in terrazza.

Si mangiava, beveva, scherzava e rideva.

Unico neo erano le zanzare che ci assillavano.

La mia solita fortuna, hanno pizzicato soprattutto me. Me ne sono bonariamente lamentato ed è finita lì.

Così speravo io, e invece durante la notte il prurito è peggiorato, non tanto alle gambe, bensì quella alla base del collo.

Mi sono svegliato alle tre e trenta e ho applicato alcool. Si è sfiammato quasi subito ma la mattina a colazione mi ha ridato fastidio.

«Ti sei grattato e ha fatto infezione» mi dice lei.

In effetti c'era un bel bozzo. Prima di recarmi a lavoro – tecnico informatico, consulente per la precisione – sono andato in farmacia e ho preso una pomata antinfiammatoria.

Il mio collo era cosparso di mezzo tubetto di pomata lenitiva.

Lentamente è passato, durante la giornata non ci ho minimamente prestato attenzione. Solo al mio rientro me ne sono resto conto e, dopo aver abbracciato la mia signora, mi sono specchiato.

Era rimasto un punto rosso purulento che andava ritirandosi.

Mi sono fatto la doccia e mentre mi asciugavo le ho chiesto di controllare.

«È ancora rosso, si vede. Ma pare andare molto meglio».

Rassicurato di questo mi sono messo a tavola e abbiamo cenato e parlato.

La sera ho fumato il mio bel sigaro e buona notte.

Niente di trascendentale se non fosse che la notte ho cominciato a sudare e vedere cose in sogno. Ero nel corpo di un'altra persona. C'era un ospedale, la gente attorno a me mi osservava, io cercavo di parlare, di chiedere perché fossi in quel posto ma nessuno rispondeva, anzi si giravano e andavano via. Facce a me ignote.

Ho cercato di svegliarmi ma nulla, ho vissuto dentro un estraneo fino a quando la luce del mattino mi ha ferito gli occhi facendomi svegliare e ringraziare Dio che tutto fosse finito.

Almeno così speravo.

Mi sono recato in bagno dopo aver dato un bacio a quella bella chioma rossa che dormiva ancora della grossa, qualcosa era sbagliato.

Una specie di labirintite mi ha ghermito, sono arrivato sbandando al lavandino e mi sono fermato lì. Non capivo cosa stesse succedendo, la mia paura è stata tale che sono andato in iperventilazione e tachicardia. Mi sono lavato la faccia e seduto sulla tazza mentre mi asciugavo. È andata meglio per qualche attimo, poi ho notato che le mie mani tremavano in modo incontrollato. Ho fatto grandi respiri, non volevo disturbare nessuno.

Lentamente ho ripreso possesso di me stesso. Ho finito di lavarmi, preparare e fatto un buon caffè. Lei, come sempre, sentendo l'odore si è svegliata. Mi ha salutato. Assonnata mi ha guardato e ha capito che qualcosa non andava.

«Stai bene?».

«Si, un po' stanco dai. Il caldo mi ha fatto fare brutti sogni».

«Raccontameli».

«Stasera, oggi devo andare lontano».

«Ok. Non mi fare spaventare».

A ricordare queste cose mi fa male il cuore.

Mi devo fermare anche perché sto avendo una delle crisi di tremolio violento.

Diario eccoci. Sono passate non so quante ore. La crisi è passata. Spero.

Al lavoro, dicevo, tutto bene, un po' di nausea e nervosismo dovuto dalla nottataccia.

«Ma che hai fatto al collo?» mi ha chiesto il mio superiore.

«Perché?».

È irritato. A guardare bene...» si avvicina e mi tocca col dito.

«Caldo. Infezione. Qualche zanzara...».

Non so perché ma gli ho tolto la mano con violenza.

«Scusa, fa male?» mi ha chiesto.

«No, no, è solo...inaspettato».

Ho avuto di nuovo paura. Così finito il lavoro ho saltato la sosta aperitivo e sono tornato a casa. Lei non era ancora rincasata, ho preparato un toast e mi son messo sul divano. Osservavo le notizie passare quando il sonno mi ha preso.

Di nuovo mi vedevo esistere nel corpo altrui, una donna sconosciuta mi parlava, mi rendevo conto di essere disabile, non riuscivo nemmeno ad andare al bagno senza l'aiuto di questa persona, in me spariva ogni forma di amore, solo rabbia.

Sono stato svegliato dal bacio delicato di labbra note sulla fronte.

«Giornata dura?» mi chiede.

Annuisco e le accarezzo la mano.

«Mi sa che la tua infezione è peggiorata» aggiunge mentre va in camera da letto a cambiarsi

«Perché?» biascico mentre mi alzo a mia volta.

«Sei tutto rosso. Ti sei toccato?».

Avrei voluto urlarle che non sono un bambino, di avere fiducia in me e smettere di dire stronzate ma ho solo deglutito a vuoto un paio di volte, sono andato in cucina e ho bevuto acqua. Molta!

Non ha notato niente, anzi si è cambiata per la notte, dopo essersi struccata, e mi ha raccontato tutta la giornata compresa la cena con le amiche. Ascoltavo ma non apprendevo le informazioni.

Si è addormenta mentre le mie gambe iniziano a tremare così forte da far volare via il lenzuolo.

Troppo sbronza, non se ne accorge.

Vorrei urlare, invece mi stringo forte le giunture con le mani e aspetto che passi.

Succede tutto in fretta, una fitta dolorosissima alla base del collo e non ci sono più.

La visione finale è quella di me che cerco di sollevarmi da una sedia a rotelle. Sono su un balcone, il dolore dell'animo è troppo, non ha senso continuare così. Con uno sforzo sovraumano mi alzo e senza pensarci mi lancio. Mentre cado avverto le uova schiudersi nel cervello, la rabbia prendermi, inizio a grugnire mentre vado a centrare in pieno una donna grassa che urlava al cellulare, ignara del prossimo nostro impatto.

Mi sveglio di soprassalto e...

Devo fermarmi di nuovo, sento ronzii nelle orecchie e sto iniziando a tremare in modo incontrollato. Domani dottore assolutamente.

«Hai cercato di strangolarmi» mi urla lei addosso.

Io? Non ho mai fatto niente del genere. Non ricordo. Giaccio in cucina, sotto il tavolo, in mezzo a frammenti di piatti e bicchieri.

Cosa sia successo non riesco a rievocare.

«Brutto psicopatico, ma cosa cazzo ti è saltato in testa? Per una cosa che ti ho detto?».

Non ricordo

Non RICORDO

NON RICORDO.

Eravamo a cena. Tutta la giornata era stata tesa, rabbiosa. Avevo litigato con il mio capo e un collega, teste di cazzo altezzose che pensavano di sapere ogni cosa.

Se non erro avevo colpito con forza qualcuno?

NON RICORDO!

Il viaggio in macchina con quella canzone dei Crematory che mi piace tanto, perché mi faceva male una mano?

«Io ho chiuso con te. Ho visto che ti comportavi in modo strano, le notti soprattutto, eri distante, hai anche cominciato a trattarmi male. Ho pensato a stress, ma non voglio fare la fine di quella che viene picchiata e giustifica il gesto! Stai lontano da me o quello che ti ho fatto stasera è niente. Ti denuncio pure, adesso. Se vuoi fai lo stesso te per percosse, vediamo chi ha ragione».

Provo a parlare, vorrei spiegarmi, uscire da sotto il tavolo ma tremo troppo, non riesco a ragionare. Le sue parole mi urtano, sento di nuovo l'ira prendere possesso di me.

Sto per perdere il controllo.

Devo salvarla.

«Allora vattene subito via, brutta stronza, che se mi alzo da qui sotto ti uccido, lo giuro!». Le sparo fuori con convinzione queste orribili parole, talmente incisive che lei urla di paura e fugge sbattendo la porta.

Attimi dopo sono in piedi e sto spaccando il tavolo a cazzotti.

Questa forza immensa, mi sento possente, immortale.

Ora sono qui a scrivere su questo pezzo di carta con quel che resta della matita.

Si consuma anche lei come me.

Il ronzio nella testa è fortissimo, i tremolii passano ogni volta che distruggo qualcosa, ecco perché sono tra i cocci della mia esistenza, in senso letterale del termine.

Mi viene da ridere e lo farei pure se questo acufene ronzante se ne andasse.

Invece no, peggiora e peggiora e PEGGIORA e io... io...

Non...riesco...

Devo.

Suonano alla porta. Qualche fottuto vicino curioso o infastidito dal frastuono?

La polizia? La maledetta vacca me li ha mandati davvero?

Io... non... Arrivo, smettete di suonare, ARRIV...

La Ballata

«Congregazione, prendete posto e aprite il libro di Dio al Salmo Sessantanove».

Così esordisce Frate Lucio in quella fredda notte di fine gennaio.

«No, scusate tutti». Dice accarezzando la Bibbia antica e oramai logora.

Abbassa lo sguardo sotto la luce del sole morente che filtra dal grande Rosone che occhieggia in alto al centro della Cattedrale.

«Vi starete chiedendo perché ho voluto iniziare con la Comunione oggi. Un rito importante, sapete? In questo modo siete già in contatto con il Divino, avete bevuto il suo sangue. Molti mi avrebbero criticato nel mondo vecchio per aver sovvertito le regole del rituale ma io ritengo, Fedeli miei, che è necessario OGGI capire DIO prima di sentire la Sua Parola».

Tossisce nel microfono.

«Molti di voi erano scappati dalla retta via. Lo so. Quando le cose erano facili vi recavate in luoghi Sacri come questi solo per le Feste comandate o perché avevate bisogno di qualche stupido favore tipo migliorie al lavoro o la guarigione da malattia per qualcuno a voi caro.

Secondo voi DIO come poteva prendere tutto questo?

Bravi.

MALE, molto male.

Per questo ha deciso di rivelare al mondo il vero animo della sua creatura mandando La Sindrome Sacra.

Ha provato ad essere un Padre benevolo per noi e con noi.

Lo abbiamo deluso.
Offeso.
Deriso.
Abbiamo il libero arbitrio che dovrebbe portarci a compiere il bene SEMPRE.
Invece produciamo il male come le api il miele, se capite la citazione colta».
Si ferma, le mani fremono per l'emozione, lo sdegno, la delusione.
Cerca dell'acqua.
Prende la caraffa piena di chiaro liquido e MDMA, lo versa nel Calice della comunione.
Sta per portarlo alle labbra sotto gli occhi spenti di tutti e si blocca in preda ad una forte consapevolezza.
La coppa si ferma a pochi cm dalle labbra.
Con una smorfia di dolore si gira e getta il liquido per terra dietro l'Altare.
Si allontana un secondo e recupera un bicchiere di plastica che è lì da chissà quanto tempo.
Meglio che usare quel contenitore per abbeverarsi.
Si schiarisce la gola, dà un colpetto al microfono che rimbomba nella navata.
«Congregazione, prima di leggere il Salmo Sessantanove riflettiamo un secondo su noi stessi».
Ovunque attorno a lui è silenzio.
I colori sembrano muoversi e fondersi attorno a lui.
Alle orecchie inizia ad arrivare una musica soave, quella di una ballata di tanto tempo fa...
Senza preoccuparsi molto del giudizio altrui, solo di quello di DIO, inizia a dire:
«Non sono io a dirlo, dove vanno i miei sentimenti quando svaniscono! Io prego di vedere un altro giorno, Il mio cuore è come un ago perso nel fieno! Trattenuto per incontrarsi di nuovo, Oh amico mio, pensi che lo faremo mai? Ora, lo so, siamo liberi».
«Amen».

La congregazione era silenziosa. Lo osservava ma non parlava. Li vide allora, per la prima volta in sessanta anni di vita, per quello che erano.

Corpi senza anima.

Avevano gettato le loro vite dietro ai falsi idoli, al sesso facile, alla prevaricazione. Avevano fornicato e macchiato il divino in ogni modo possibile, cosa si aspettavano?

«Così, Fratelli e Sorelle, giunse il giorno in cui Nostro Signore ha smesso i panni del Padre Benevolo per tornare ad essere quello che fu nel Vecchio Testamento: Un figlio di Puttana incazzato nero».

Ride alle sue parole. Tutto ruota in un mondo caleidoscopico colorato, nella testa pulsa una melodia a lui nota, non la ignora, la accoglie gli dà forza. La sente crescere dentro di lui come un orgasmo, sensazione che non avvertiva da tantissimo tempo. Vorrebbe urlare tutto il suo sdegno, ma sa che non può, non adesso. Quindi si ricompone con una certa fatica, dà un altro colpo al microfono e riprende a parlare.

«Nonostante tutto ha cercato di comunicare con tutti noi».

Nessuno parla, tutti lo osservano.

Quasi.

Una ragazza di circa vent'anni sta lentamente scivolando giù dalla panca.

È tutto vero o se lo sta immaginando?

«Ha voluto mostrarci la via per essere uniti conto il Male che stava prevaricando la Regione ma siamo rimasti sordi a quanto ci ha detto.

Attoniti e malfidati, abbiamo peggiorato ancora di più le nostre anime già corrotte.

Così è arrivato il momento in cui nella sua Immensa Saggezza ha deciso di toglierci gli strumenti malati di comunicazione.

Internet per primo.

Poi i canali Televisivi.

I telefoni servono, ora, come armi e simulacri di generazioni sprecate!

I Ponti Radio sono rimasti perché è l'unico modo in cui si può veicolare la Parola di Dio.

Voi davvero credete che sia stato malvagio questo Suo Volere?

NO, stolti! Ha cercato di farci unire, ritrovare il calore umano del contatto, del dialogo, della collaborazione.

Per fare questo ha sacrificato i più deboli di noi o più malvagi.

Ha pianto mentre lo faceva io lo so...».

Chiude gli occhi e vede DIO, immenso, grandioso, opalescente e luminoso che lo osserva con tenerezza, lo tiene tra le sue sei braccia e lo nasconde sotto le sue otto gambe, Androgino con il seno prosperoso per allattare i suoi Figli con il dono del Fuoco del Sapere.

Sta piangendo ancora, come la prima volta che gli si è manifestato tra i fumi della metilenediossimetanfetamina, unico strumento a disposizione per parlare con Lui.

«Padre, Padre Mio, Unico e Trino, lo so hai provato soffrendo...».

Secondo Frate Lucio quella sostanza apre la porta alla saggezza e serenità dell'animo.

Uno stato in cui trascendi e finalmente puoi comprendere i messaggi Divini.

Lo aveva sempre saputo ma nel mondo di prima non poteva esprimere questi pensieri così Puri.

Per questo era stato risparmiato da quel Dio che amava da anni, talmente tanto che spesso al solo pensiero aveva delle potenti erezioni che curava manualmente, punendosi con il cilicio sempre più forte e in profondità.

A volte nemmeno questo bastava, perché gli procurava altri spasmi orgasmici e l'unico modo per espiare era la privazione sensoriale per quarantott'ore, niente cibo, acqua, solo buio e preghiera in ginocchio su una asse di chiodi.

La Trifizione definitiva.

«Sì, sputa fuori dal microfono, lui ha tentato per la salvezza delle nostre anime. Alla fine, sconfitto, ha deciso di tacere.

Ci ha abbandonato perché ha compreso l'errore che ha fatto.

La Sua creazione imperfetta, che ha comunque amato, è andata troppo oltre.

Lo ha deluso a tal punto che, come un genitore abbandona

alla legge il figlio che ha combinato il disastro definitivo, così Lui ha voltato le spalle e chiuso la porta.

Non l'ho più visto né sentito.

È rimasto il silenzio su di me, come quello che ora riverso su di voi».

Il sole oramai è calato del tutto e alla grande porta di legno massiccio della Chiesa iniziano i noti grugniti e battiti.

Sono strani i "Caduti" come li chiama Lucio.

Vogliono entrare qui ma non riescono nemmeno con le porte aperte.

Infatti, nelle chiese non vanno mai. Temono il crocefisso. Lo sguardo del Giudizio.

Cercano Dio anche loro e ne vengono respinti.

Battono furiosamente alle entrate, un desiderio di tornare un tutt'uno con il Creatore.

Ha aperto loro tante volte, non sono mai entrati. Rimangono sulla soglia a ringhiare.

Ora, però, ha capito cosa fare per ricondurre anche quelle anime perdute al Padre.

«Nostro signore se ne è andato e non interessa a nessuno.

Se c'è un inferno, cari miei, ci rivedremo lì».

Gli sovviene il pensiero del suo amico Parroco, Silvio, che gli disse una volta che i tremolanti avrebbero fatto dei cimiteri le loro cattedrali e delle città le nostre tombe...

Aveva avuto ragione come sempre, il suo amore segreto, proibito, mio dio come era bello, si trova a pensare il prete.

«Abbiamo avvelenato il suo animo, il suo cuore e il suo sangue. Il corpo di Cristo è diventato tossico ed è per questo che prima di iniziare questa lunga disamina con voi vi ho fatto tutt'uno con lui. Adesso vedete.

Adesso comprendete.

Il Sangue sacro si è fuso con il Tallio per farvi ascendere al passo successivo.

Tutti e venti voi, sopravvissuti a dieci anni di battaglie, avevate sempre la speranza e la fede in Dio.

La stavate perdendo, me ne sono accorto poco tempo fa.

Il mio compito era quello di ricondurvi da lui e così è stato.

Dormite, ora, il sonno dei giusti, la mia missione qui si è compiuta.

Abbracciate Dio, adesso».

«Amen».

Vorrebbe suonare le campane, ma non può, così, invece dopo il Padre Nostro invoca il "Gloria" cantandolo da solo con tutta la voce che ha in corpo davanti ai cadaveri dei Fedeli che lentamente si scompongono dalla loro seduta attratti dalla gravità.

Che errore, che vanagloria si dice.

Volevo condurre il Male nella Cattedrale.

Folle e sciocco che sono.

Non sono loro a dover entrare per espiare i peccati, bensì io a dover andare da loro.

Si fa il segno della croce, passa davanti all'Altare, si inchina, inghiotte un'ostia carica di THC e attende.

Il freddo si insinua nelle Chiesa e nelle ossa.

Guardaci.

Miseri relitti di quello che eravamo, c'è stata data una seconda possibilità ma non l'abbiamo colta. Potevano prosperare in alto e invece abbiamo deciso di essere ancora una volta lupo uno per l'altro. A che scopo, dunque, continuare a pregare un Dio adirato, seccato, sordo alle nostre parole?

Non che il suo diretto avversario sia meglio.

Certo ha dei supporters migliori, ma alla fine anche lui, cosa ha ottenuto?

Mandrie idiote, grugnenti, incapaci persino di articolare un pensiero.

No, meglio così, ogni cosa ha trovato la sua giusta collocazione.

Quasi tutto.

Lui no, ha peccato di presunzione ma adesso sa esattamente cosa fare.

«Arrivo, Fratelli, anche per voi».

Prende l'orologio dell'Ostensorio, immerge le mani nell'Acqua santa e lo benedice di nuovo.

Con passo lieve, danzante, arriva alle grandi porte chiuse del luogo sacro e le spalanca.

Il freddo lo assale così come la grande luminescenza irradiata dalla luna in alto nel cielo, occhio di DIO osservante ma muto.

Le creature corrono verso di lui. Ne conta una decina.

Spera che abbia abbastanza materiale per donare a tutti loro la Comunione.

«Il corpo di Cristo » dice, uscendo con la mano tesa e l'Ostia ben stretta tra il pollice e l'indice.

La creatura, una donna anziana in sottoveste sbrindellata, una ciabatta da camera marrone quasi distrutta al piede destro, capelli grigli scompigliati si avvicina velocemente.

Istintivamente Frate Lucio fa un passo indietro rientrando tra i confini sicuri.

«CODARDO» si maledice.

«Sono qui per te, non avere paura, capisco la tua diffidenza...».

Tira un sospiro profondo ed esce andando incontro alla creatura, la quale apre la bocca per istinto forse.

L'uomo lo prende per un segno.

Inserisce l'ostia nella bocca della donna ma mentre sta per ritrarre le dita le mandibole di lei si serrano con forza troncandogliele di netto.

«Maledetta stronza» urla l'uomo di Dio indietreggiando.

L'Ostensorio cade a terra, bianchi dischi su nera terra e rosso sangue.

Cosa cazzo sto facendo? Si trova a pensare.

Per un secondo pensa di raccogliere ciò che è caduto...

«Col cazzo».

Si volta e inizia a correre verso la Chiesa.

A pochi passi dal grande portone di legno un "Vedente" gli si para davanti.

«Amen, Fratello».

Gli risponde un grugnito e sente un forte dolore allo stomaco.

Abbassa lo sguardo e vede la mano della creatura. Lo ha trapassato da parte a parte. L'alta estremità afferra la spalla del prete e tira.

Mentre viene divelto in due parti altri tremolanti sciamano su di lui iniziando a dilaniarlo.

Per merito delle droghe assunte non sente nessun dolore.

Poi, mentre la sua anima scivola via per sempre, riesce a sorridere.

Presto incontrerà il suo Creatore, dopo tanto cercare. Forse.

Amour

Thomas si siede sul divano e stappa la sua birra. Ha deciso di godersi la serata, finalmente. Il suo lavoro in banca è bello ma impegnativo ed oggi è stata una di quelle giornate pesanti. Per fortuna il destino ha deciso che sua moglie fosse fuori per lavoro, si dovrebbe preoccupare quando è in notturna ma la reputa la migliore nel suo campo e quindi oltre a mandarle pensieri di positività e successo non può fare, sua figlia Rebecca è ad una festa di amici.

«Non bere».

«Papà...».

«Non fumare...».

«PAPA'».

«Non fare sesso...».

«Hai rotto, io esco, ciaooo».

«A che ora torni?».

«Per l'una e trenta dai. Ho diciassette anni».

«Ok a mezzanotte sei a casa».

«Ma la torta è a quell'ora».

«Mezzanotte e mezza».

«Andata».

«Reb?».

«Papà?».

«Ti voglio bene!».

«Anche io» dice lanciandogli un bacio e chiudendosi la porta alle spalle.

«Cerca di non fare a botte con nessuno» le urla ma è troppo tardi. Non si può lamentare di lei, pensa. Si veste sobria e non come una peripatetica, persino nel trucco. Studentessa modello, ottimi voti tranne in chimica, ci penseranno poi, sempre disponibile e gentile con tutti.

Bella più della mamma, per fortuna, unico suo difetto è essere attaccabrighe.

Come lui.

Oh, beh, non si può essere perfetti, pensa da padre orgoglioso quale è.

Si stappa la sua Birra Giuda Rossa e si butta sul divano.

Le nove di sera precise, accende la televisione e cerca qualcosa da vedere.

Salta i telegiornali, i talk shows, gli allarmismi e si dirige sullo streaming.

«Donnie Darko». Sembra interessante.

Preme play e beve un sorso alla bottiglia che ha in mano. Fumerebbe volentieri una sigaretta ma ha smesso con sacrificio quando 'Becca aveva dodici anni per non dare il cattivo esempio. Spera di esserci riuscito ma non lo crede, a quest'età sperimentano le peggio puttanate.

Si concentra sul film che sembra essere molto macchinoso.

Alle ventuno e quaranta è tra le braccia di Morfeo.

Il suo cervello volteggia tra conti correnti, iban, nomi importanti e partite dare\avere. Un vortice ossessivo che lo insegue ovunque vada. Non c'è scampo dai soldi nemmeno nel mondo dei sogni.

Una musica dolce lo raggiunge e poi delle parole sussurrate al suo orecchio: *Amour Amour, Alle wollen nur dich zähmen, Amour, Amour, am Ende, Gefangen zwischen deinen Zähnen.*

Il cellulare.

Si sveglia di soprassalto, vede l'ora, le undici e mezza di sera. La bottiglia di birra giace accanto a lui, vuota. Non è possibile, si trova a pensare mentre balza in piedi in cerca di quel maledetto aggeggio, che un tedesco non regga l'alcool!

Riesce ad estrarlo dalla tasca della giacca prima che finisca di suonare, prega Dio che non sia sua moglie o qualcuno dal lavoro di lei.

Il cuore perde un battito quando vede che è sua figlia.

«Rebecca?».

«Papà? Meno male, dove eri finito?».

«Mi ero assopito, che succede?».

«Devi correre qui, sta succedendo qualcosa di brutto».

«Come stai? Che succede?».

«Non lo so, eravamo a cena, si parlava, giocava...».

«Droghe?».

«Mi fai finire?».

«Dimmi».

«Insomma, solite cose. Ad un certo punto abbiamo sentito bussare alla porta. Marco è andato ad aprire, pensavamo fossero altri nostri amici e invece è entrato in casa un bambino piangente. Non sapevamo che cosa fare. Forse si era perso? Insomma, non ho tempo adesso. Era ferito al braccio e ci siamo spaventati. Diceva solo mamma – bua. Non capivamo se la madre stesse male o se gli avesse fatto male. Fatto sta che poco dopo vediamo due persone arrivare di corsa. Papà, io non so cosa avessero ma grugnivano. Abbiamo chiuso la porta subito ma hanno iniziato a sbatterci contro. Ora non sappiamo cosa fare, sono fuori. Ho paura».

«State bene? Ma prima di tutto, mandami la posizione, rapidamente». Sente armeggiare con il telefono. Poco dopo il "Ding" del cellulare.

«Ricevuta. Sei a mezz'ora da qui. Barricatevi in casa, chiudete tutto e se avete un piano di sopra salite, ok?».

«Si. Resta con me però».

Mentre parla con la ragazza, Thomas ha già preso le chiavi della macchina, il giaccone pesante e la pistola, sempre con la comunicazione attiva arriva in garage. Sente la figlia ciarlare con qualcuno, una voce maschile, poi dei passi.

Mette in moto il suo BMW serie 3, fa retromarcia e parte.

«Che succede, Becca?».

«Non lo so papà. Io e Marco siamo andati in camera dei suoi. Abbiamo la visione del fuori. Con noi c'è anche questo bimbo, piange...».

Sente in sottofondo il lamento del ragazzino.

«Consolalo, sto arrivando. Che cosa vedete?».

«Adesso è tutto silenzioso, non c'è nessuno, almeno così sembra».

Porca merda, si trova a pensare l'uomo mentre spinge la vettura sui centoventi km orari in centro abitato. Per fortuna ancora non ha nevicato, sarebbe stato più difficoltoso.

«Papà? Ci sei?».

«Sono qui». Gli si stringe il cuore. Il pensiero torna a quando era piccola, mano nella mano, i primi bagnetti, la pulizia del pannolino, le notti insonni, la paura per le febbri, i passi assieme e poi le gite, le risate, l'amore puro. Dove sono finiti, si chiede, gli anni? Abbiamo avuto, certo, contrasti adolescenziali soprattutto per la sua indole bellicosa...».

«Shh, stai sereno amico, andrà tutto bene, vieni, abbracciami». Sta parlando al bimbo.

«Becca, quindici minuti, come è la casa?».

«Dunque, e il numero? Marco, che civico siamo? Diciannove».

«Sì, mi hai mandato la posizione, voglio sapere uscite ed entrate...».

Sente dei rumori, poi una voce maschile.

«Dottor Mauss, sono Marco. Allora abbiamo una porta principale, una sul retro che non ho chiuso a chiave. Poi le scale che conducono al piano di sopra. Sotto c'è la cucina, la sala da pranzo, un bagno di servizio e altre scale che portano ai garage, ma quelle sono serrate. Al piano di sopra ci sono la camera dei miei, uno studio e la mia camera, oltre due bagni. Spero sia stato utile».

«Come no. Marco, nervi saldi mi raccomando. Non ti chiederò adesso perché siete solo te e mia figlia di notte in una casa vuota...».

«Papà piantala, aspettavamo gli altri ma dopo questo abbiamo mandato messaggi dicendo di stare lontani».

«Alle ventitré?».

«Non cominciare».

«Va bene ne parliamo dopo cucciolo».

Di colpo rumore di vetri infranti.

«Sono dentro, cazzo, papà che facciamo?».

«Barrica la porta subito».

Sente rumori di cose spostate, di nuovo il pianto spaventato e la voce di sua figlia che lo rassicura.

«Porca merda» sente dire Marco.

Guarda il cellulare, otto minuti all'arrivo.

«Becca?».

«Papà la situazione è grave. Sentiamo i passi, non sappiamo se sia da solo chiunque esso sia».

«Armato?».

«Non lo so, ho paura».

Anche lui ma non lo può dire.

«Respira, conta fino a dieci, ricorda l'insegnamento di mamma».

Cinque minuti. Corri si trova a pensare e affonda il pedale.

Centrotrenta km, le poche macchine in giro sono lampi di luce nello spazio scuro della notte.

Si concentra, un errore adesso e perderebbe sua figlia. Si augura che quel Marco sappia proteggere la sua bambina, anche se in genere lo fa da sola.

«Rebecca ci sei?».

Silenzio. Dal cellulare proviene solo il vociare del navigatore.

MERDA ha perso la connessione.

Per fortuna il resto funziona, così in meno di due minuti arriva al civico diciannove.

Frena e si guarda attorno.

Tutto tace. Le persone dormono, a quanto pare.

Prima di scendere controlla la sua 357 Magnum regolarmente registrata e denunciata.

Sei colpi precisi.

Non l'ha mai usata, ma sa che nella vita c'è sempre una prima volta.

Scende alla macchina nel modo più silenzioso possibile.
Vorrebbe chiamare sua moglie per chiedere consiglio ma sa che non è possibile.
Si guarda attorno. Dietro di lui c'è una casa con tutte le luci accese e la porta di ingresso aperta. Forse vengono da quel luogo? Non lo sa. A passo rapido si dirige verso la casa incriminata. Le entrate sono chiuse. Fa lentamente il giro del giardino e vede che una finestra è spaccata. Tracce di sangue. Sono passati da lì. Dovrà fare lo stesso.
Si leva la giacca, l'avvolge attorno al braccio e rompe, spera, silenziosamente gli ultimi cocci. In pochi attimi è dentro. Sente dei grugniti sopra di loro e un battere alla porta furioso. Poi la voce di sua figlia.
«Andate via, figli di puttana, che cazzo volete da noi?».
«Sì, i soldi sono di sotto, andate a prenderli, stronzi, lasciateci in pace». Balbetta la voce maschile.
Coraggioso l'ometto.
Sospira. 'Becca potresti avere tutti gli uomini del mondo e invece l'ennesimo sfigato...
Sale cauto le scale. I grugniti sono più forti come i battiti.
Cinque gradini.
Carica il cane.
Quattro gradini.
Impugna saldamente l'arma.
Tre gradini.
Vede la schiena di una donna in camicia da notte azzurra, piedi scalzi e bigodini. Potrebbe avere una trentina d'anni.
Due gradini...
Il telefono suona.
La creatura si gira di scatto, annusa l'aria, lo vede e senza pensarci si lancia su di lui.
Tempismo perfetto, figlia mia.
Con abile mossa si scansa di lato. La donna lo manca di poco strappandogli un capello. Uno solo, precipitando con un tonfo sordo in fondo ai gradini.

«Signora, si fermi, stia calma, risolveremo tutto» dice puntando al corpo scomposto in fondo alle scale.

Si è rotta l'osso del collo? Spera di no. Si avvicina e la vede ferma. Respira? Non lo sa.

«Signora?». Cazzo. Si volta e sale di corsa.

«Becca!».

«Papà» esclama, aprendo la porta. Si guardano, ha il trucco sfatto ma lo sguardo battagliero. Stringe a sé un piccolo fagotto di amore, forse tre anni.

«Mamma?».

«Sta bene» dice ai due. Dietro di lei una figura maschile, capelli ricci lunghi e neri, alto, pallido, magro, occhiali di corno.

Ma che cazzo.

«State bene?». Lei annuisce il ragazzo rimane di sasso.

«La pistola non è per te, ti giuro. Non ancora, almeno».

«PAPÀ».

«Scherzo. Andiamo via, non capisco cosa stia accadendo ma non mi piace».

«L'intruso?» Lui fa cenno alla donna in fondo alle scale mentre scendono».

«Ineluttabilmente morta».

«Ma che le ha preso?» dice lei che ha coperto gli occhi del bimbo con le mani portandolo in spalla.

«Non lo so, dobbiamo chiamare la polizia ma prima via di qui. Tu avverti i tuoi su quello che è successo...».

Il ragazzo prende il cellulare ma lui gli fa cenno di farlo dopo. Aprono la porta principale. Nessuno in vista. Corrono alla macchina che per fortuna ha dimenticato aperta. Mentre si fiondano dentro Marco perde il cellulare.

Si ferma per raccoglierlo ed un grugnito di odio arriva alle loro orecchie. Si gira mentre Thomas mette in modo e si trova a guardare la sua fine.

Un vecchio gli salta addosso e inizia a percuoterlo con forza.

«Papà aiutalo, ti prego, aiutalooo» grida lei spaventando il bimbo e perdendo la voce.

Lascia la macchina accesa e in folle, scende e punta l'arma. Solo allora si rende conto di avere ancora la giacca arrotolata al braccio.

«Fermo, lascia stare il ragazzo, ti prego». Il mostro si alza. Occhi quasi del tutto ciechi, trema visibilmente, sporco di sangue dalla testa ai piedi. Il ragazzo emette un respiro affannato, sta morendo, ha delle ferite gravi. Capisce che deve portarlo di corsa all'ospedale. Sporcando la macchina.

Un grugnito è l'unica risposta che ottiene. Senza motivo alcuno si lancia su di lui, che ne ha abbastanza. Preme il grilletto e dove prima c'era la testa del vecchio adesso c'è una fontana zampillante. Il corpo fa alcuni passi prima di sbattere fortemente per terra inzuppandogli la camicia e le scarpe di sangue.

«Porca merda». A causa della detonazione il bambino piange più forte.

Si china sul ragazzo ma è troppo tardi, non è che si possa sopravvivere quando la cassa toracica è sfondata con tale violenza.

Da una persona anziana una simile forza non se l'aspettava.

Sta di certo succedendo qualcosa di molto brutto.

Gli dispiace per questo giovane ragazzo, sente una lacrima scivolargli sulla guancia. Ucciso a causa di un cellulare.

Questi tempi moderni gli piacciono poco.

Si leva la giacca dal braccio e la distende sopra il cadavere. Subito il sangue ne prende possesso.

Sa che Rebecca sta vedendo tutto, la sente piangere. Un brutto trauma, per tutta la vita.

ORA, se solo sapesse cosa diavolo stesse succedendo...

Rumori attorno a lui.

Si alza di scatto e vede altri di quei cosi che avanzano grugnendo.

Ne conta sei.

Quindi sono di più.

Sale in macchina senza pensarci, getta l'arma sul sedile e parte sgommando.

«Mi spiace 'Becca io...». Non sa che dire.

Lei non parla, è sotto shock.

Spinge la macchina fuori dal quartiere inseguito nel buio dalle figure di cui vede solo le sagome.

Inizia ad essere davvero preoccupato per sua moglie.

È una notte particolare, sente che le cose stanno per cambiare e non per il meglio. Suo nonno gli diceva spesso questa frase quando gli raccontava dell'avvento del Nazismo. Era stato saggio ed aveva espatriato prima che tutto precipitasse.

Si ricorda del Protocollo Islanda, quello che gli ha spiegato una notte sua moglie.

Forse è tempo di applicarlo.

Questo pensa quando la mano di sua figlia cerca la sua. La stringe guidando con un palmo, rallentando la velocità, i bei ricordi di quando erano giovani tornano ad affacciarsi. Le proteggerà a costo della sua vita, così sarà per i venti anni a seguire.

«Come spiegherò questa notte alle Forze dell'Ordine? Soprattutto, ai miei colleghi?». Sospira.

Ti amo da Morire

«Fallo tu.»

«Penso che sia compito tuo».

Elisabetta guarda Silvia che sostiene lo sguardo.

Una l'opposto dell'altra, magra, alta, occhi verdi e seno appena pronunciato la prima, più bassa, grande petto, occhi scuri la seconda.

Solo due cose le accomunano.

Il colore dei capelli, entrambi rossi, e il motivo per cui si trovano in quel posto.

«Direi che l'onore spetti a te, alla fine ci sei stata più tempo».

«Non conta la quantità ma la qualità. Da quello che ho capito avete passato momenti stupendi in Europa no?».

Sbuffa Silvia.

«Non ricominciamo con questa storia. Mi sembra che negli Stati Uniti ci siate andati voi, non io che in quei tempi mi sbattevo per sbarcare il lunario».

Lei tace, colpita nel vivo.

Si osservano di nuovo, Elisabetta estrae dal taschino una Silk Cut e gliela offre.

«Almeno in questo hai gusto» dice l'altra.

«Fottiti. In quello sei la migliore te, no?».

Lei ride accendendo le cicche.

Dal piano di sotto sentono passi, grugniti rabbiosi.

«Ce la fa a salire?».

«Lo sai, ottiene sempre quello che vuole».

«Non questa volta. Secondo me il povero coglione è bloccato lì sotto».

Sospira.

«Senti, per quanto possa valere, visto quello che è successo, mi spiace per...tutto».

«Dovrei accettare le tue scuse?» chiede Elisabetta con un sorriso piccato.

«Non ti sto chiedendo scusa. Io non ho fatto nulla, è stato lui a condurre il gioco per tutto questo tempo».

Lei annuisce.

Rimangono in silenzio a fumare, mentre la notte lentamente inizia a scivolare nel radioso sol dell'avvenire.

«Raccontami di lui, nel mondo di prima. Che tipo era?».

Caccia fuori una grande boccata di fumo, ricordandosi solo dopo che è semplice nicotina e non ganja.

«Io l'ho conosciuto al liceo. Non mi piaceva, ma trovavo quel suo modo di fare molto intrigante. Eravamo, me inclusa, tutti perfettini, parlavamo di vacanze, vestiti, macchine. Lui invece girava con gli anfibi, il chiodo e la maglia dei Type O Negative, su quei capelli neri e quella sua statura così imponente...».

«Per non parlare dei suoi occhi azzurri ghiaccio» aggiunge Silvia.

Entrambe sorridono.

«Un figlio di puttana».

«Amen signora».

Si gira e apre il frigo a pochi passi da lei.

«Ti va una Birra?».

«Ma sì, non ne usciremo peggio di quanto siamo, alla fine».

Gliela lancia e lei la afferra al volo.

«Mi prendeva per il culo per il mio essere secchiona. Lui si spaccava di alcool e droga, viveva la vita in modo autodistruttivo. A venti anni era un idolo di molti liceali non volendolo, bramandolo! Sempre con quel walkman, heavy metal perenne. Sì, lo detestavo».

«Come è successo che vi siete trovati, poi?» chiede lei incuriosita mentre tira una boccata di fumo bevendo un sorso della chiara bevanda.

«All'Università. Lettere lui, Architettura io. Non l'avevo riconosciuto. Capelli corti, eleganza atipica. Solita sigaretta tra le labbra. Mi ha riconosciuto dopo qualche attimo. Nei corridoi che univano le facoltà, mi osserva e poi esclama ad alta voce, incurante di quelli che gli urlavano che non si fumava dentro: "MA sei Elisabetta! Tu guarda che tocco di Figa che sei diventata". Io sono arrossita e lui ha riso. Negli anni mi ha sempre detto che quel mio rossore lo fece innamorare subito di me. Lurido pezzo di merda».

«Era vero».

«Cosa?».

Silvia le sorride.

«Esattamente. Era uno stronzo figlio di puttana ma non mentiva. Se lo ha detto era sincero».

Elisabetta sputa per terra dando un'ultima boccata di fumo.

Silvia ride e le scappa un rutto. Si guardano di nuovo, le nemiche che diventano improvvisamente amiche contro il male comune.

«Sei ributtante» dice la ragazza ma continua a ridere e bere.

«Vero. Ma ho anche dei difetti».

L'allegria viene interrotta dalla botola che cerca di sollevarsi.

Fanno un salto indietro e urlano di paura.

«Non ci credo. Il coglione è riuscito a salire».

«Te l'ho detto» dice Silvia. «Ottiene sempre quello che vuole».

«Mi ha preso la verginità dopo due cene a base di Big Mac e anelli di cipolla, quindi sì, hai ragione, lo ammetto. «Conferma Elisabetta».

«Grazie per l'informazione non richiesta».

Allunga la mano verso la rozza arma chiodata che si è creata con una mazza da Baseball del suo ex ragazzo.

Fuori soffia un vento possente, quasi ad annunciare un'apocalisse in arrivo. Non si scompongono è tipico di quella regione in quel periodo dell'anno. A causa sua la polvere depositata da tempo in quell'abitazione volteggia pigramente attorno a loro per poi riposarsi.

«Tu quando hai avuto l'onore di conoscerlo?» chiede Elisabetta stringendo la lattina tra le mani. Sente il rancore salire ma non vuole ancora perdere il controllo.

«Al bar dove lavoravo. Si presentò con dei colleghi ed esclamò, sedendosi al bancone: "Avete anche musica non di merda?" Me lo disse guardandomi dritto negli occhi. Non so cosa vidi, ero fidanzata all'epoca con un bassista punk, ma capii in quell'istante che non volevo altro uomo che lui».

«Peccato che fosse impegnato».

«Ma io non lo sapevo. Forse l'ho sospettato, l'ammetto. Quelle improvvise fughe al bagno per la colite, le notti fuori perché doveva trovare ispirazione, i viaggi di lavoro...».

«Stessa cosa qui sorella» dice l'altra.

«Siamo state davvero così stupide?» esclama Silvia iniziando a piangere. Accartoccia con rabbia la lattina lanciandola lontano.

I primi raggi del sole baciano i loro capelli rossi.

Lei le si avvicina, le pone un braccio sulle spalle magre e le asciuga le lacrime con il dito.

«No. Eravamo innamorate. L'amore è così. Ti illude il più delle volte. Fa male. Però è così bello quando ci sei dentro».

Allunga la mano verso l'altra donna che istintivamente la stringe.

«Eravamo l'una gli spazi vuoti dell'altra. Intercapedine di sentimenti e carne tremula. Ha soddisfatto i suoi bisogni disfunzionali affettivi e sessuali. Mi chiedo...».

«Devo fare una domanda, dolorosa, ti prego sii sincera» dice Elisabetta seria.

«Dimmi pure», risponde Silvia asciugandosi il naso con la manica della camicia azzurra lisa.

«Ti ha mai detto che voleva dei figli da te? Con la possibilità che somigliassero fisicamente alla madre e di cervello a lui?».

Non ha il coraggio o la forza di rispondere, così si limita ad annuire.

Il dolore che provano è forte. Quando anche l'ultima speranza di esclusività decade resta il deserto della rabbia.

Si fruga in tasca e tira fuori l'ultima sigaretta.

L'accende, fa due tiri e la passa alla sua nuova amica.
«Perché l'ha fatto secondo te?».
«Perché il pezzo di merda qui sotto, che spero ci senta mentre tessiamo le sue lodi, era un fottuto narcisista pieno di ego. Una tazza del cesso otturata di merda, secondo me, ma ci siamo cascate. Siamo state il suo pubblico adorante, visto che si sentiva una specie di Rock Star Maledetta. Un ridicolo professore di lettere alle superiori, adorato anche dai suoi alunni.
Ometto del cazzo.
Ti ricordi quando fu allontanato per una settimana perché andò al lavoro con la maglia dei Marduk, "Fuck me Jesus"? Era un bastardo ma di musica ne capiva, devo ammetterlo».
«Un provocatore del cazzo, ecco cosa era!».
«Sempre pensato.
La musica che sentiva, per me, era solo rumore.
Ci godeva ad apparire per quello "diverso". Però, alla fine, era un bravo ragazzo. Problematico ma buono, con una sua concezione dell'amore. Mi chiedo se siamo state solo noi o...».
«Pigro come era è già un miracolo che abbia retto due relazioni» sbuffa Silvia prendendo la sigaretta dalle mani di Elisabetta che ride alla palese verità.
La botola emette due scossoni, il lucchetto inizia a cedere, le assi a spaccarsi. Elisabetta allunga la mano dietro di lei prendendo una stupenda spada regalo di un Procacciatore dopo una lunga, accurata, notte di sesso. Non l'ha fatto per il baratto, voleva solo un uomo. Capita a volte di sentirsi soli in quel senso lì. Certo era stato bello ma farlo con un tipo che ha tenuto su la maschera con una croce d'osso per tutto il tempo è stato...disagio allo stato puro.
Quanto in fondo posso ancora cadere, si chiede, stringendo quella lama affilata tra le mani.
«Però non mi hai capito» esclama Silvia.
Gli occhi belli di Elisabetta la scrutano, dubbiosa.
«Perché ci ha comunicato dove era due giorni fa?».
«Chi lo sa. La sindrome gli avrà fatto capire che è stato il re dei pezzi di merda, magari voleva fare ammenda».

«Io credo che sia il suo ultimo atto plateale. Fare incontrare le sue due compagne, le vite mischiate in modo Laocontico, chiudere un circolo e morire da vittima perdonata».

«Io penso, invece, dice Silvia, che abbia scelto questo posto come tomba. Alla fine, non è la casa dove ha vissuto da piccolo?».

Annuisce osservandosi in giro. Posters dei "Soen" che vanno scollandosi, un giradischi con qualche vinile abbandonato nell'angolo a destra di uno studiolo su cui capeggia una massiccia macchina da scrivere accanto ad una libreria crollata per il peso di troppi libri. L'unico che scorgono da dove sono sedute è "Arcipelago Gulag" a causa della sua massa.

«Posso dirti una cosa, in tutta sincerità?» chiede Elisabetta.

«Fai pure, non resta molto tempo».

Il pavimento sotto di loro scricchiola, grugniti di rabbia arrivano alle loro orecchie.

«Mi manca da morire».

«Anche a me. Soprattutto la notte, ma quando penso a come ha giocato con me, con te e con chissà quanti altri animi mi sale una grande ira».

«Un coltello sotto il letto divide in due il dolore».

«Cosa?».

«Era una frase che usava spesso lui...».

«Sì, di quel gruppo che adorava, Hate&Merda».

«Avevo rimosso...».

Si guardano dritte negli occhi, in quelli di una c'è della malinconia, nell'altra un rancore violento.

Senza abbassare lo sguardo chiede:

«Sei incline alla pietà?».

«Assolutamente no».

Si alzano in piedi tutte e due. Sorridono al sole dell'Alba Meccanica che è appena sbucata. I grugniti esterni si attenuano, restano solo quelli sotto i loro piedi.

L'odore di legno, sigaretta, rifiuti si mescola nei mulinelli che il vento crea fuori e dentro.

Venticinque anni dopo le due donne si confrontano non solo tra di loro ma, soprattutto, con loro stesse.

Tutto l'affetto provato un tempo viene lentamente spazzato via, sostituito dal desiderio di rivalsa.

Non sanno quanto ancora avranno da vivere, non importa in questo momento, quello che conta è sistemare la faccenda una volta per tutte.

Altro forte scossone, di rabbia, quasi avesse l'ex uomo avvertito qualcosa.

La botola inizia a spaccarsi in piccoli pezzi di legno.

«Quante volte ci ha detto Ti amo da Morire?».

«Una marea» ribatte ridendo e un po' brilla Elisabetta.

Silvia lancia via la cicca nel momento esatto in cui Aldo esce urlante da sottoterra, un verme che sbuca dal melmoso e umido fango.

«Giusto in tempo per l'applauso finale, eh coglione?». Urla Elisabetta per nulla spaventata.

Solo Dio sa cosa ha dovuto fare per sopravvivere tutti quegli anni, la paura, il pianto, la solitudine.

«E' tempo di ricambiare il suo affetto» dice Silvia lanciandosi in carica.

Pochi attimi dopo Elisabetta fa lo stesso, ridendo di pazza gioia.

La notte si dipana per svanire di nuovo, incurante delle sorti degli uomini e dei loro cuori colmi in egual misura di Amore e Morte.

Quando è amore

«Merda Chef, ma quanti cazzo ce ne sono?».

«Non chiamarmi Chef. Quanto al servizio?».

«Quindici minuti. No davvero, guarda lì sotto Chef!».

«Non ho bisogno di affacciarmi per vedere i tremolanti. Lo so bene che ci sono...».

«Oggi sono davvero un sacco Chef».

«Samir, richiamami di nuovo così e giuro ti ci lancio in mezzo».

«Ma è quello che sei o no?».

«La linea è pronta?».

«Sì, quanti ne aspettiamo oggi?».

«Secondo i miei calcoli tra trenta e cinquanta».

«Per la tua madonna, così tanti Chef?».

«Samir...».

«Chef?».

«Ci rinuncio. Sì, sono parecchi, oggi ci sarà dopo anni la trasmissione via radio».

«Dead City?».

«Esattamente».

«Ma non trasmettono da sei anni, Chef!».

«Tempo?».

«Tredici minuti».

«Sicuramente sarà qualche bufala, poi chi sarebbero questi due che ci devono comunicare qualcosa di importante?».

«Non lo so, vengono da Junk City e pare siano stati autorizzati dagli scienziati a diramare la comunicazione».

«Bubbole Chef. Sarà la solita cazzata a ridosso del Giorno Del Cambiamento. Le solite cose riguardanti la nostra bravura ad essere sopravvissuti, in pace e armonia tra di noi sui tetti dei palazzi e delle case... Maledetti Governativi».

«Non importa la ragione Samir, qui oggi faremo grossi affari».

«Mah. Il tuo numero mi fa sorridere, così tanti viventi ci sono nella zona?».

«I nostri clienti in genere sono tra i quindici, venti, quindi perché ti stupisci?».

«Alzo le mani, Chef, come dici te».

«Dove è Gisella? Ci servono i tortini di carne e Mauro deve finire i dolci».

«Presente Chef!».

«Eccomi Chef!».

«Ma la volete smettere, luridi idioti?».

«Ma è quello che sei. Non eri un pezzo grosso della ristorazione?».

«Tre stelle, mica una il nostro Carlo!».

«Avete detto bene. Nel vecchio mondo. Adesso facciamo panini e cose da rosticceria. Vi confesso che sto molto meglio adesso che un tempo!».

«Non ci credo!».

«Come ti pare Gisella. Allora, siamo a posto lì?».

«Sì Chef. Grazie. La linea è preparata, mi fremono le mani».

«Non sento Mauro».

«Ci sono, tutto pronto, questa volta il tortino con il cuore di cioccolata e la chiffon cake sono stupendi».

«Quante porzioni?».

«Ne avanzano anche per noi. È dalle sei di stamani che ci lavoro».

«Molto bene».

«Chef?».

«Che c'è Samir?».

«Non hai notato niente?».

«Cosa?».

«La carne sfilettata per i panini basta per... quindici persone».

«MERDA! Che cazzo stai dicendo?».

«Ho fatto male i conti Chef. Ma non ti preoccupare chi vuoi che venga, fa un freddo della madonna...».

«Cristo santo, non so cosa mi trattenga dall'ucciderti con questo coltello qui ed ora!».

«Il fatto che sia un grande cuoco?».

«Fottiti! piuttosto, corri in cambusa, dobbiamo cuocerla al volo, forni al massimo...».

«Non hai capito Chef, non ce n'è».

«**COSA?** E me lo dici adesso?».

«Non mi fai parlare».

«Tranquillo Chef, il procacciatore è qui sotto e sta salendo».

«A quest'ora?».

«Chi lo ha chiamato?».

«Abbiamo da pagarlo?».

«Spero, altrimenti ci farà credito, lo sa che saldiamo sempre...».

«**TEMPO**».

«Chef abbiamo ancora dieci minuti».

«Cazzo, dobbiamo darci da fare con il resto, faremo attendere i clienti».

«Tranquillo Chef, non c'è nessuno ancora, lo sai come sono. La trasmissione è fra due ore, per allora avremo tutto sotto controllo».

«Dove cazzo è Star?».

«Sono qui. Sarei arrivato prima ma lì fuori...».

«Sono tantissimi! Ciao Procacciatore, ben arrivato, butta la mercanzia nella dispensa».

«Sono dovuto passare per i tunnel e poi le fogne, spero vogliate perdonare...».

«Sì sì, tutto a posto, che cosa hai lì?».

«Mi conosci, Carlo. Io porto solo cose di alta qualità. Quando Samir mi ha contattato due giorni fa per la vostra apertura serale a causa dell'evento radio sbandierato ai quattro venti ho immaginato ti servisse qualcosa di buono e... sostanzioso».

«Samir?».

«Sì Chef?».

«Allora sapevi che eravamo in scorta?».

«Ovviamente. Sono stato proattivo, spero non ti spiaccia. Basta chiacchere, guarda che bella roba ti ha portato cappuccetto nero qui!».

«Vedere, vedere».

«Ecco a te».

«Mio dio ma è gigantesco! Dove lo hai trovato?».

«Solito posto, Epitome, poco tempo fa. Il freddo fa miracoli».

«In effetti si gela».

«Mauro, pensa ai dolci ti prego».

«Sì Chef. Tranquillo, si leccheranno le dita».

«Ho immaginato la situazione e mi sono permesso di aiutarvi a modo mio...».

«Vedo. Niente testa, gambe e piedi».

«Chef, perché non li usiamo? Insomma, sempre carne ...».

«Perché non voglio più avere clienti che mi tirano dietro il cucinato in quanto dentro hanno trovato unghie, anelli, denti, pezzi di occhi...».

«Ma hai lavorato con brigate incompetenti allora!».

«Può essere Gisella, non è tempo di pensare a questo adesso».

«Allora, può andare? ».

«Star io mi fido di te. Lo sai, aiutami a portarlo da quella parte, dobbiamo iniziare subito la preparazione. VOI non vi fermate e vi prego non fate cazzate, almeno stasera».

Cazzo è nervoso lo Chef!».

«Lo saresti anche tu. È la sua serata, dopo anni».

«Dici?».

«Certo che sì. Non gliene è mai importano un cazzo, ma oggi è tornato ai fasti della sua vecchia vita».

«In effetti è raro che lo veda così agitato. Non ha toccato un goccio di alcol».

«Cazzo, la cosa è seria».

«Samir non rompere il cazzo, ti sento sai?».

«Scusa Chef».

«Che poi...».

«Dimmi Mauro».

«No, mi chiedo... non abbiamo mai pensato davvero alle conseguenze di mangiare i tremolanti... e se di improvviso mutiamo tutti?».

«Proprio stasera?».

«Lo senti Chef? Gli ha preso l'ansia al mastro Dolciario».

«Ma che ansia, è che ci penso da un po'...».

«Mauro?».

«Sì, Chef?».

«Da quanto usiamo la loro carne?».

«Allora, noi siamo aperti da nove anni...».

«Otto».

«**IO** ci sono da prima».

«Ma smettila».

«Appunto, nove anni. La carne animale è finita quando?».

«Cinque anni fa».

«Se lo dice un Procacciatore ci crediamo».

«Chef ho capito dove vuoi arrivare ma...».

«Cosa?».

«Se la cosa fosse a tempo lento?».

«Ma che cazzo dici!».

«Samir, pensaci!».

«Ma che cosa dici. Madonna sei un cattolico frustrato oltre che omosessuale?».

«Vaffanculo Arabo del cazzo».

«Non offendere le mia razza sai?».

«Piantatela. Anche io ci ho pensato. Ma siamo ancora qui e ne abbiamo fatto uso anche noi, nemmeno un mal di pancia, mai».

«Un problema ai denti sì però, cara Gisella».

«Non è correlato».

«Dici?».

«**COMUNQUE** vi dico che alla fine cuociamo tutto a temperature che uccidono ogni cosa, non usiamo interiora o altre parti in cui si potrebbe annidare qualunque cosa sia che possa portare alla mutazione. Ho risposto alla vostra cazzo di domanda?».

«Veramente è stato Mauro...».
«Basta così. Ficcatevi un bel sorriso del cazzo sulla faccia e andiamo avanti vi prego».
«Sì Chef».
«Tempo?».
«Cinque minuti tondi, tondi».
«Come è la carne?».
«Sì, dicci».
«Devo dire che il nostro amico qui presente si è superato. Samir, vieni qui, aiutami a fare gli sfilacci».
«Perché sempre io? C'è anche Gisella...».
«Deve stare attenta alla cottura dei tortini di carne, piselli e funghi. Delicatissima, se cala la temperatura...».
«Non succederà Chef!».
«Arrivo. Ciao Star, è stato un piacere, non ti fermi per l'evento? Offre Carlo».
«No, grazie. Me lo godrò in poltrona con una birra gelata, di quelle buone, non queste a buon mercato che spacciate per Non Filtrata».
«Ma che stronzo che sei».
«Forse. Buona fortuna ragazzi, ci vediamo presto, penso che entro stasera avrete finto la scorta di carne. Anche se sono cento trentaquattro kg.».
«Stronzate».
«Chiedilo a Carlo».
«È vero?».
«Sì, Adesso la smetti di rompere i coglioni e mi dai una mano, il coltello è lì».
«Stupendi mentre lavorano, sembrano danzare. Si vede che sono in sintonia».
«Osservali, Gisella, sono concentrati al massimo, Samir è la copia dello Chef. Starei ore a guardarli».
«Non gli daresti un soldo bucato a quell'arabo pazzo, e invece».
«Non lo sai?».
«Cosa?».

«Sfotte tanto Carlo ma lui era un pezzo grosso della televisione. Si occupava di programmi culinari nonché cercava ristoranti da lanciare. Aveva una passione pari a quella del nostro Chef!».

«Pazzesco».

«Non è pazzesco amici miei che parliate a voce così bassa che vi sentono fin giù alla strada. Dovete sapere che anche in questo mestiere, come in ogni cosa nella vita, quando è l'**AMORE** a guidare la mano e il cervello, le cose riescono alla perfezione, non importa dove siate, chi siate, che mezzi abbiate. Adesso ammirate il capolavoro».

«**TEMPO**».

«Due minuti. Corro a finire i panini, tenete, assaggiate questi due, non è la carne del Procacciatore e non muterete, datemi un parere».

«Porco cazzo! ».

«Maestosa».

«Vi piace? Benissimo».

«Ci siamo, vado ad aprire il locale, vedo già qualche persona in fila».

«Ultimo controllo!».

«Sì, CHEF!».

«Tortini?».

«Pronti!».

«Dolci?».

«Pronti».

«Panini?».

«Porca troia, l'ho beccata questa stronza. Maledetta zanzara, non se ne vedevano da anni. Poi di inverno? Il mondo è impazzito».

«Samir?».

«Chef?».

«I CAZZO DI PANINI?».

«Pronti».

«Tempo?».

«Trenta secondi. Prepararsi ad evacuare l'anima».

«Apertura!».

«Signori, benvenuti al Fight Club, il miglior posto dove mangiare in tutta Square Hammer».

«Nonché l'unica».

«Samir!».

«Chef?».

Hidden Track – La spirale discendente

Non capisce se sia uno scherzo. La voce della ragazza è allegra, come quella del suo compagno. Seduto con una birra in mano, ascolta la frequenza che va e viene.

Il ponte radio non può reggere così tanti flussi, le parole e la musica si disperdono, svaniscono e tornano come la musica di un vinile consumato sotto la puntina impietosa.

Osserva la maschera al suo fianco.

Tanti anni assieme, una nuova vita.

No.

Una rinascita, trovare il posto a lui spettante nell'Universo.

«Ebbene sì... Una miserabile zanzara è stata la causa...». La birra va scaldandosi nella sua mano, una delle migliori. La notizia, lo sa, porterà la gioia e la speranza nel mondo intero.

Già vede i sopravvissuti pronti alla rinascita dopo venticinque anni.

Ma lui?

«La dottoressa Halford, sacrificandosi, come un novello Prometeo, ha ridato la vita agli uomini. La sua determinazione, nel momento in cui ha capito la causa, è stata tale che...».

Che tu sia maledetta! Pensa l'uomo.

«Pensate alle sofferenze che si è auto inflitta per trovare la cura. Ebbene, dopo un anno di sperimentazioni, diciamocelo pure non tutte legali ed approvate, abbiamo il Vaccino Karakolia. Ce ne sono dosi limitate ma la sintetizzazione va bene. Per adesso ci rende immuni ma a breve, ci dicono, ci sarà anche quello per guarire i tremanti! Ma vi rendete conto? Lo so, non mi credete, sembra impossibile anche a noi, ma abbiamo qui una registrazione lasciataci dalla Dottoressa che spiega tutto! Siete pronti? Sedete e godete con noi!».

Dopo un secondo o due di silenzio, la voce anziana, sofferente della donna che inizia a parlare.

A lui non interessa più, vorrebbe alzarsi e spegnare la radio, invece rimane seduto, finisce la birra e pensa.

E adesso? I suoi servigi non serviranno più a nulla. Per non parlare del grande inganno delle ossa. Era davvero Folklore. Per anni aveva rischiato di farsi uccidere per?

Non era questo il punto, la sua mente sviava il discorso.

Quello che gli bruciava nel profondo della cervice era il dopo.

Cosa avrebbe fatto?

Prima era un misero impiegato, una vita tutta uguale fatta di ore a compilare dati, scrivere appunti, litigare coi colleghi. Pranzi precotti, sesso a pagamento e promiscuo, nottate insonni, alcool.

Solitudine.

Tornare a fare quella vita non era pensabile.

Si domandò, poi, se ci sarebbe mai stato un vero ritorno a quello che si era prima.

Impossibile.

Adesso, però, lui sapeva fare solo una cosa, il Procacciatore.

Ha un brivido di tristezza. A quasi sessant'anni, il massimo a cui potrà aspirare è fare il ripulitore...

Finisce la birra e si alza.

La donna sta ancora parlando di uova che si schiudono nel cervello una volta infettato il corpo con una puntura alla base del cranio. L'ira dei tremanti è il dolore che vogliono comunicare al mondo interno.

La forza... perde la sintonia...

Poi le larve escono fuori dopo una gestazione di qualche tempo che varia da individuo a individuo e cercano altri ospiti, visto che a tutti gli effetti quello dove sono nate è compromesso.

«E chi se ne frega, amica mia. Forse hai ridato la vita all'umanità ma la mia è terminata».

Potrebbe andare avanti altri due anni prima che ogni cosa, lentamente, torni al proprio posto ma chi vorrà avere a che fare con lui? Si chiede come l'abbiano presa gli altri.

Conoscendoli avevano tutti un piano di fuga. Quante volte li ha derisi dando loro dei creduloni, la speranza? Ma per favore, non si sarebbe mai potuto tornare indietro.

E invece...

Per un momento ha lo scrupolo morale di aver ucciso persone che magari adesso potrebbero avere la cura. Ma passa subito, gli affari sono affari.

«Siamo il peggiore dei virus. Niente riesce mai ad eradicarci» dice a nessuno in ascolto.

Halford finisce di parlare. Immagina folle, per quanti pochi siano ormai, piangenti. Urla, schiamazzi, ubriacature moleste. Ci saranno molte morti stanotte.

Chissà come se la cavano al Fight Club?

Augura loro ogni bene, alla fine se lo meritano. Hanno un sogno e lo coltivano con amore da tanti anni.

Si siede alla scrivania mentre la voce di Rebecca annuncia che per festeggiare avrebbero messo uno dei pezzi più belli della musica.

«Avete capito bene, gente. Adesso sedetevi, fate l'amore, ubriacatevi – appunto dice l'uomo – e alzate il volume. Abbiamo per voi... *Wish you were here*". Se non sapete chi l'abbia composta, meritate di essere uno dei tremolanti! ».

«Pink Floyd, stupida idiota» urla Paolo.

Il suo nome, dopo tanto tempo, si affaccia alla memoria. Lo aveva radicato e lasciato nel profondo buio degli anni estinti.

Una vita fa.

Mentre iniziano le dolci noti della canzone apre il cassetto della scrivania e osserva la sua Glock 20.

La prende in mano, ci gioca. Estrae il caricatore e osserva il colpo, quell'unico che si è riservato.

Aveva sperato tutta la vita di non doverla usare.

Forse, si dice, quel giorno è arrivato.

Dovrei dormici sopra, magari domani...

Fuori il vento gelido soffia rabbioso, la neve si accalca sul vetro della sua casa così bella. L'ha sempre desiderata una così. Non poteva permettersela quando era ancora semplicemente un uomo.

Da Procacciatore aveva avuto tutto, successo, fama, ricchezza, donne.

Che non potevano pagare e si concedevano, ma andava bene anche così.

Il più temuto Procacciatore stava piangendo.

Gli venne in mente Layne. Chissà che cosa avrebbe fatto.

«Se la godrà, come sempre. Il figlio di puttana sopravvive a tutto».

Sempre con la pistola in pugno si reca davanti alla radio.

«La Storia non si fa con i se. E chi l'ha detto? Io la Storia la voglio fare con i se!».

Chiude gli occhi...

Tutto è blu in questo mondo
Non poteva credere quanto fosse facile
(Fermo, immoto, la pistola in faccia)
Bang!
(Così tanto sangue per un buco così piccolo)
I problemi hanno soluzioni, lo sai
Una vita passata a sistemare le cose
In un lampo determinato
Tutto è blu
Tutto è blu in questo mondo
Tutto confuso
Fuoriuscendo dalla mia testa
L'ombra più profonda
Tutto rovesciato
Non potevo credere quanto fosse facile
La tonalità più profonda del blu fungo

Tutto è blu in questo mondo
Una vita passata a sistemare le cose
Una vita di fottute cose rovinate risolte in un
Lampo
L'ombra più profonda
Tutto confuso
Versamento
Bang!
Non riusciva a credere come
Bang!
Non poteva credere quanto fosse facile
Bang!
Non poteva crederci
Bang!
La tonalità più profonda del blu fungo
L'ombra più profonda
L'ombra più profonda
Bang!
Tutto confuso
Fuoriuscita
La tonalità più profonda del blu fungo
La tonalità più profonda del fungo...

Ringraziamenti

A Jason e alla Ali Ribelli Edizioni, per la coronazione di un sogno e la fiducia accordatami.

A Daniele e Daniela per il progetto. Bello credere l'uno negli altri senza essersi mai visti dal vivo. Per me sono come due carissimi amici che non vedo da tanto tempo. A breve, però, sarà il momento dell'incontro e potremmo dire, dopo: «Siamo Divenuti Morte, Distruttori dei mondi».

Alle donne della mia vita, Mia Moglie, Mia Figlia, Mia Madre, Mia Suocera a quelle che non ci sono più, Mia Zia, Mia Nonna.

Ai Maschi che adoro, Mio Figlio, la combriccola con cui condivido il Metal, i concerti, i giochi ruolo, i videogames, insomma le passioni, da una vita, soprattutto Mio Padre e Mio Suocero, Davide, Flavio.

A Giulio, che è il mio Procacciatore da quando lo conobbi al liceo.

Ad Alessandro, gli anni devastanti al mare, a Bologna, e in età adulta saranno con me per sempre.

A Bartolo, avrebbe goduto a leggere questo bellissimo progetto.

Alla Squadra Silente, (SM&FS) che corregge, osserva, bacchetta e mi aiuta nei miei deliri. Ad Maiora, SEMPER!

Soprattutto a voi lettori.

GRAZIE.

Ovviamente, senza le seguenti Band, tutto questo non sarebbe stato possibile:

Pantera
Alice in Chains
Mötorhead
Slayer
Megadeth
Judas Priest
Nine Inch Nails
Crematory
Testament
Rammstein
Type O Negative
Van Halen

Un Particolare ringraziamento a Hate&Merda, colonna sonora della mia vita.
Santè!

Indice

Printed by Amazon Italia Logistica S.r.l.
Torrazza Piemonte (TO), Italy

60001463R00063